JN328811

飯田たけし

戦艦「陸奥」救済作戦

海軍特別救助隊

昭和16年秋、鹿児島に停泊中の「陸奥

元就出版社

まえがき

戦後の日本は、商人国家に堕したと言われています。国家の気概を失くし、ビジネスだけに血道を上げるその姿は、エコノミックアニマルだと揶揄されても、仕方のない存在かもしれません。その商人国家と対極にある存在こそが、本書で描きたかった旧日本海軍の将兵の姿なのだと思うのです。

三年有半の太平洋戦争で、旧日本海軍の主な艦艇は、ほぼ全てが海の藻屑と消え去りました。ただ一度の海戦で消滅した海軍は、世界戦史に数多あるでしょう。しかし、絶望的な情勢下で、三年半にわたって坦々と激闘を続け、文字通り、すり潰すように全滅したのは旧日本海軍しかないと思います。

勇者たちは黙して語らず、永遠の彼方へと去っていきました。戦後平和教育の影響もあってか、彼ら勇者たちは評価されるどころか、その存在すら知られていません。

もしも、死して全てが終わるのならば、我々に許されるのは追憶のみかもしれません。しかし、古今の聖賢が指摘するように、死して後にもまだ生命があるならば、また話は異なります。未だ暗い世界で迷っている英霊がいるならば、彼らに救いの手を差し伸べなければならないのは当然です。そして、かつての戦友たちが、黙って見ているはずがありません。必ずや救助隊を編成して、地獄の最深部にまで救いの手を差し伸べることでしょう。

私のそんな願望を一冊の小説にまとめてみました。私や知人の実体験したエピソードをちりばめて、それを想像の翼で紡ぎ合わせてみたのです。

著述を重ねていくうちに、こんな救済が、霊界で本当になされているような気がしてまいりました。今回登場したのは四隻の艦艇だけですが、他の艦艇や部隊からも、「ウチのことも書いてくれ」と、言ってきているような気がしてなりません。

極東の国際情勢が混迷の兆しを見せ、国難が訪れんとしている今、どうしても国家の気概を取り戻す必要があります。そのためにも、先人の献身に光をあて、尊敬と感謝をささげることは大事です。それを仏教では回向と称すると考えています。

本書が、日本に気概を取り戻す契機となり、そしてまた回向の機会ともなることを、私は心の底より祈念させていただきたいと思います。

【登場人物】

―地上人―

オレ（井田）　東京都立大学四年生　ボーイスカウト隊長　軍事マニア

萩原先生　ソウル在住の大学教授　学識と霊能力を両立させている

里見　井田のいとこ　霊的感受性が強い　都立大一年生

初枝　里見の母　井田少尉の許嫁《いいなずけ》　霊能力が備わる

―霊人―

永井上等兵曹　呉第三特別救助隊（呉三特）隼鷹分遣隊　先任下士官

斉藤中尉　救助部隊指揮官　学徒兵出身

井田少尉　「陸奥」甲板士官　高い責任感ゆえに、死後四〇年間、地獄で迷う

吉岡少佐　呉第三特別救助隊（呉三特）隼鷹分遣隊　隊長

宮川大尉　戦闘三〇八飛行隊長　井田少尉の先輩　戦後長らく生きて、最近帰天

島田兵曹長　「陸奥」第三砲塔長　爆沈事故の責任感で、死後四〇年間　自縄自縛

菅野少尉　内火艇（のち隼艇）の艇長　学徒兵出身

守護霊　幕末の武士　鏡心明智流免許皆伝　主人公を陰で守護している

魔　元《もと》参謀　権力欲と攻撃性で死後、悪魔に　地獄の支配をしている

海軍特別救助隊——目次

装幀——純谷祥一

海軍特別救助隊

――戦艦「陸奥」救済作戦――

プロローグ

そのメダルからは、眼には見えない瘴気《しょうき》が出ていた。あえて視覚的に表現するならば、黒い霧が滲み出しているとでも言おうか。だがそれは、さほどに悪魔的な禍々《まがまが》しいものではない。悲しみと苦しみに満ちている瘴気であったのだ。

それは一見、何の変哲もない、にぶく銀色に光った金属製のメダルである。五〇〇円硬貨よりも一回り大きく、一〇センチほどのプラスチックのケースに入っており、不思議にずしりと重い。

このメダルには、さまざまな「記憶」が秘められている。精錬され、初めてカタチになったのは、巨大な大砲の砲身としてだった。大きな軍艦に載せられて、海原を駆けていた栄光の時代の記憶がある。

ものすごく大勢の人たち（多分、国民全体からだろう）、「期待」や「希望」の思いを受けていた、誇り高い記憶であった。ともにいた数多くの男たちの、汗と努力の記憶も残っている。

だが、その栄光の時代は過ぎ去り、あの恐ろしい悲劇が来た。天地が消し去るかのような爆発に火炎地獄。艦はすぐに海底に引きずり込まれた。千名を越える男たちとともに。

その後には、海底に横たわっていた記憶のみがある。栄光は過去の彼方へと去り永遠に戻らない。艦は、その内部に男たちを抱えたままで、深い悲しみと海底での止まったような時間を過ごしてきた。数十年経てば、男たちの身体は完全に海に溶け込んでしまう。太初《たいしょ》の生物のように海に還ってしまうのだ。全ては無に返り、時が経てば悲劇も忘れ去られていくだろう。

しかし艦は知っていた。肉体を失った彼らが、まだともにあることを。そして未だ悲しみと苦しみの渦中にあることを。海底で過ごしてきた時間は、彼らと苦しみを分かち合ってきた時間でもあったのだ。

無限とも思える時が海底で過ぎた頃、その軍艦は浮揚されることとなった。引き上げられた艦体は、そのほとんどが再利用され、新たな使命を担い再生していった。

そして、その一部のみが追憶のために、メダルという形で残されたのである。艦と運命をともにした、千名を越える男たちのために。そして、未だに「艦とともに」苦しむ数多くの魂たちのために。

いつの日にか、もたらされるであろう「救済」を信じて、メダルは訴え続けている。そう、霊視をすればはっきりと分かるであろう。そのメダルは苦しみと悲しみの波動を身にまとい、黒い瘴気を発し続けているのだった。

第一章――全ての始まり

戦艦「陸奥」

一九八一年五月　東京都立大学　目黒キャンパスB棟三階

「この集中講義も、明日で最終回になります。皆さん、これまでの講義はどうでしたか?」

ニコニコと笑いながら語りかける先生は、小柄で小太りの女性だ。長い海外での学究生活のせいか、日本語が少し独特な気がする。

オレは、他の学生がどんな反応を示しているのかと思い、キョロキョロと左右に視線を走らせた。見渡した教室には半分くらいの学生。このセコイ大学にしては大きめの、一〇〇名くらい入る教室だから、聞いている学生は五〇名くらいだろうか。皆、分かったような分からないような、ピントのボケた表情を浮かべている。

サボりまくった大学は、一般教養の単位が足らなくて、もう四年になったのに一般教養の科目を履修しなきゃいけないはめに陥っている。それが特別に短期の集中授業で二単位くれるというので、何だか分からないけど飛びついたのが、この講義「欧州神秘思想史」だ。

講師は萩原先生、韓国の大学で教鞭を取っている日本人女性だ。女性の年齢は分からないが、だいたい五〇歳くらいだろうか。専門はキリスト教らしいのだが、この集中講義の内容は、キリスト教の範囲を超えた壮大な話だった。

中学生の頃から心霊科学に傾倒して、霊界モノの本は読み漁ってきたオレだが、アカデミズムの観点から神秘思想を学ぶというのは、結構、衝撃ものだったのだ。小学校以来、学校やら授業やらは全て大嫌いだったのだが、本気で興味を持てたのは、今回が本当に初めてだ。

「私がこれまで話した内容だけでも、皆さんがこれまで勉強してきた内容とは、随分と違うはずです。ヨーロッパの歴史の裏側には、こうして神秘思想が脈々と流れているのです」

そこまで言うと、先生はニコニコと笑みを浮かべながら、しばらく学生たちを見渡してから、こう続けた。

「明日の最終講義には、普通の宗教学の範囲を逸脱した内容のお話をすることにします。ひとことで言えば、あの世と霊の話です」

先生の発言に、教室はざわめいた。そりゃそうだ。大学の講義でお化け話が聞けるのだからな。

「もし、そうしたことに関して、質問や相談があるならば、明日の講義の後で受けましょう。では、本日の授業はこれまでです」

そこまで先生が言い終わったちょうどその時、授業時間の終了を告げるチャイムが鳴り響いた。

(見事な時間配分だ。なかなかやるな……)

と、オレは思った。

活字や歴史の中には、いくらでも尊敬できる存在はいるのだが、生身の人間に対して尊敬の念を持つことは少ない。この先生はデキる。知っている限りでは稀有なる存在だ。

教卓の上の教材をまとめると、ガヤガヤとざわめく学生たちを尻目に、先生は颯爽と教室を出て行く。その後ろ姿を眺めながら、オレは、ある意味ホッとしていた。実は今日、思い悩んでいた「あのこと」について、萩原先生に相談してみようと思って決意してきたのだ。しかし、実際に相談してみる段になると、これまで、ろくに面識もない先生に相談するというのは、どうも気が引けてしまった。いくら悩んでいるとはいえ、決断がつかないでいたのだ。それが、先生の口から「明日、相談に乗る」と言われたのだから、二重の意味でホッとしたのだ。ひとつには、先送りができたことであり、もうひとつには、相談に乗ってくれる可能性が見えたことだ。

オレは胸のポケットに入れてきた「あれ」に、右手の先で触れながら、自分に言い聞かせるように、こう、つぶやいていた。

「よし、明日は絶対に相談しよう」と。

(一限目の)この授業が終わると、もうこの日の授業はおしまいだ。オレはノートを手早く片付けると、教室から出て階段を下りて外に出た。正門へと向かう途中の、B棟一階の中ほどに掲示板があるのだが、それを一応は確認してみた。すると、あるある。

（宮川ゼミの井田くん。ゼミ連の委員会に出席してください）

へん！　アカンベーだい。

オレの所属しているゼミは、学生が三人しかいない。それなのに、こなすべき役職が四つもあるのだ。ジャンケンで負けて、オレが二つ引き受けたうちのひとつが、この「ゼミ連」の委員である。面倒くさいから、一度出席した後は、まったく参加していない。三人で四つの役職じゃオカシイだろうが。

その掲示板を見終わってからすぐに、オレは大学を後にした。正門を抜けて歩道を右に曲がって「柿の木坂」を降りていく。五月の風が、ほほをなでながら過ぎる。まだ午前中なのだが、この季節の太陽は日差しがきつい。ジャケットを着てきたので、汗ばんでしまうほどだ。

風と光を堪能しながら、なだらかな坂道を降り切ると、そこは目黒通りである。その信号を渡った右手には、いつも入る本屋があるのだが、今日は入らずに素通りする。とてもではないが、本屋を渉猟《しょうりょう》する気になどならない。こんな気分にさせるのは全部、胸のポケットの「あれ」のせいだ。

その先にあるのはパチンコ屋で、いつもながらに軍艦行進曲を外部スピーカーで流している。普段なら、思わず歩調を取りながら「護るも攻むるもクロガネのー」と口ずさみ、往時の帝国海軍の艨艟《もうどう》たちに対して、敬意を表するところなのだ。だが今日はそれどころではなかった。胸のポケットの「あれ」が、軍艦行進曲に反応してしまったのだ。

朝、通った時には、まだパチンコ屋さんは開店していなかったから、何も問題が起きなかったのだろう。しかし帰り道ではバッチリと軍艦行進曲が鳴っている。そのメロディーの波長に導通したとたん、怖れていた通り、その異変は始まった。

まるで黒い霧にでも包まれたように、視界が暗くなり、身体が重くなってくる。軍艦行進曲の聞こえる範囲を、一刻も早く脱出しようと思うのだが、まるで潜水服を着て深海に降りたような感じで、身体が言うことを聞かない。あたかも高熱でうなされている時に、自分の手足が遠くにあるような、あの悪夢の感覚に近いのだ。

やっとのことで、パチンコ屋の影響を脱して駅前まで到着すると、それまでの影響はウソのようになくなった。

改札を抜けて上りのホームに立ち、北千住行きの電車を待っていると、思いは胸のポケットの「あれ」に到った。

「何で、こんなことになったんだろうか」と。

そう、「あれ」がオレの手に入ったのは、ちょうど一ヶ月くらい前のことだ。オレは、その時のことを思い起こしていた。

本家での金縛り

しかし、葬式で餅つきなんかするとは思わなかった。日本全国、葬式などに大差などあるはずがないと思っていたのだが、「所変れば品変る」とは本当だった。この調子では、各地には不思議な風習がいっぱい残っているだろう。

この千葉県の銚子近郊の葬式では、檀那寺《だんなでら》の先祖代々の墓地に納骨してから、葬儀の会場だった本家に帰ってくると、餅のふるまいがあったのだ。どうやら、近所の人達が餅つきをして待っていてくれる様子だった。

何で、こんな風習が起きたのかと、そのルーツを想像してみた。

（昔は田舎だと、餅がご馳走だったからかもしれない）

この地域で、先祖代々受け継がれてきたこの風習。オレは、この葬儀というセレモニーを見ていて、まるで大昔にタイムスリップしたような気分にとらわれた。「平家の落ち武者伝説」があるくらいだから、少なくとも一〇〇年以上、綿々と続いてきたに違いないこの風習。多くの先祖たちが、同じように他界に送られていったのだ。オレは、自分が歴史の一部になったような、そんな気がしたのだった。

そして、続けて行われた初七日の法要が終わると、全ての行事が終了した。すると、小岩に住んでいる叔父が、オレのところに近づいてきて何かを差し出した。

「おいタケシ、これオマエにやるよ」

叔父が差し出したのは、透明なプラスチックの容器に入った白銀色のメダルだ。かねてから叔父にねだっていた、あの戦艦「陸奥」のメダルだった。

太平洋戦争もたけなわの昭和一八年、瀬戸内海の柱島泊地で謎の爆発事故を起こして沈んだ戦艦「陸奥」。戦後そのまま海底に沈んでいた「陸奥」の、サルベージを推進するために造られたメダルだった。このメダルは、「陸奥」の実物の主砲を原材料に使っているのだ。

お年始に叔父の家に行った時に、このメダルを見せられてから、オレはずっと「ください」と、言い続けてきたのだ。そのメダルを、叔父はオレに譲ってくれるという。

「え！　本当にいいんですか！」

オレは、うやうやしくメダルを受け取ると、深々と頭を下げて感謝の言葉を述べた。

「ありがとうございます。大事にします」

「オマエにやっておけば、大事にしてくれると思ったからな」

叔父は、ニッコリと微笑《ほほえ》んだ。

確かに普通の人間では、この「陸奥」のメダルの真価は分かるまい。

オレは、大事にメダルをかばんの中にしまいこんだ。

その日、オレは両親とともに本家に一泊することになっていた。分家したのが大正年間という昔の話だから、本家分家とはいっても、普段は付き合いもあまりない。オレが本家に泊まるのは、これでやっと二回目になる。

本家の、心づくしの夕食では、オヤジとオフクロを中心にして、昔話に花を咲かせて盛り上がっている。酒盛りも一向に終わりそうもないのだが、オレの方は手持ち無沙汰で仕方がない。そこで、延べられた床に早々ともぐり込むことにした。枕元には、叔父にもらった「陸奥」のメダルを置き、それこそ、戦艦「陸奥」の往時をしのびながら寝ることにしたのだ。

なれない葬儀に、多少、疲れも出ていたし、少し飲んだビールのせいもあったのだろう。そして、寝つきの至っていいオレは、寝床に入るとすぐに、もう意識が遠のいてきた。

異変は夜中に起こった。

夜中の真っ暗闇の中、苦しくて眼を覚ました。覚めたとはいっても、完全に覚醒したわけではない。半覚醒というか「幽冥《ゆうめい》定かならず」の状態で、起きているのか寝ているのか分からない。ただ間違いないのは、仰向けで寝たままで、指一本動かせないことだ。そして、苦しいのは動けないことによってではない。何かが胸の上に乗っているように重いことによってである。

声を出そうとしても出ない。叫ぼうとしてもまったくダメだ。隣にはオヤジが寝ているはずなのだが、呼ぶこともできない。そして、眼も開けられないのだ。ああ、これが「金縛り」というやつか。

「金縛り」が霊的な現象だということは、中学の頃から読みふけってきた心霊科学の本で、いやというほど知識を得ている。だから、何か幽霊的なモノが眼に入るのではないかと、オレは非常にビクついた。

しかし「怖いもの見たさ」というのは本当だ。何とかして、まぶただけでも開けようとジタバタして（実際には動かないのだが）ようやく、少し開けられそうな感じだ。それで意を決して、恐る恐るソーッと眼を開けてみると、なにやら白っぽいものが視野に飛び込んでくる。それが徐々に焦点が合ってくると……、ああやっぱり人間の姿だ！

オレの胸の上に、誰かが乗っかっているじゃあないか！

その白さは、そいつが着ている服の色だ。あれれ……、海軍の艦内服みたいに見えるぞ。

「オマエは誰だ！」

オレは、声にならない声を張り上げて、必死に叫んだ。（叫んだつもりかな）

その瞬間だった。そいつが顔を上げて、視線がバッチリと合ったのだ。オレの心は瞬間冷凍されたように、深海のような冷たさが充満した。

本当に、その視線は恐怖そのものだった。視線が合っていると、それに沿って、身体中の全てのエネルギーが吸い取られていく。まるで、体温が全て吸い尽くされるような恐怖の感覚だ。そして、同時に感じ取れるのは、ただ「絶望」だけだ。このままエネルギーを抜き取られ続けたならば、オレの心の中からは、もう少しで、この世の喜びが全て消えてしまいそうだ。

　そして、恐怖で凍て付いたオレに対して、そいつは、はっきりとこう言ったのだ。

「オレは死人だよ」

　聞いたといっても、音として耳で聞いたのではない。そいつの思いが、直接に心の中に飛び込んできた感じだった。

　恐怖のあまり、オレは「ウギャー！」という雄たけびを上げて起き上がった。恐怖が頂点に達して、念力でも出たのだろうか。金縛りはいつの間にか解けて、フトンを跳ね上げて上半身を起こしたオレは、びっしょりと汗をかいていた。身体は冷え切ったままで、本当の冷や汗をかいている。

　夢だったんだろうか。しかしあの「オレは死人だよ」という言葉は、あまりにもはっきりとした現実感があった。考えてみると、頭に載っていた白い艦内帽に、士官の徴《しるし》である二本の黒い線があったのもしっかりと視野に残っている。そして何よりもあの「視線」だ。あれほどの恐怖は現実でしかありえない。

　覚めやらぬ恐怖で、もう寝ているどころではない。起き上がって電気をつけると、両親が驚いて問いかけてきた。悪い夢を見たといって、ごまかしておいたが、あれが現実なのは間違いない。電気を煌々とつけたままで、頭から布団をかぶって、冷え切った身体を温めた。

地縛霊なのだろうか。それとも、迷った先祖か。一体、何の霊が襲ってきたのかを、オレは考えていた。常識的には、本家に戦死した海軍の軍人がいて、それが迷っているというのが筋だろう。明日、起きたら本家の人に聞いてみよう。しかし、そう思う一方で、「こいつが真犯人だ」という思いが湧いてならない。根拠はまったくないのだが、どうしてもそう思えてならないのだ。

この枕もとのメダル。爆沈した戦艦「陸奥」の主砲こそが、この騒ぎの根本だと、そうオレの霊的直感が告げているのだった。

萩原先生への相談

「それで本家の人に、戦死した海軍の軍人がいないかどうかを聞いてみたんですが、最初は、そんな人は知らないっていうんです。でも、しばらく過去帳とか調べてくれていたら、海軍士官の写真が出てきたんです。写真は、私がその晩に見た本人でした。間違いありません」

萩原先生は、最終講義の終わった後でオレの相談に乗ってくれている。相談のために教卓まで出たオレをひと目見ると、長くなりそうねと言って、半地下の学生食堂に場所を移動して、相談に乗ってくれていたのだ。

萩原先生は、なぜだかオレの背後の空間をしばらくじっと見つめていた後で、オレに視線

を向けてから、ニッコリ笑って、

「その軍人さん、今はいないわね」

そして、こう続けた。

「それで、そのメダルは持ってきたの？」

オレは「はい、持ってきました」と言いながら、ガサガサとカバンをあさって、ポリ袋に入れてある「陸奥」のメダルを取り出した。

そのポリ袋からメダルを取り出そうとするオレを止めて、

「ああ、出さなくてもいいわよ。もう、分かったから」

また、萩原先生はこう続けた。

「それで他には、どんなことが起きたり感じたりしたの？」

「えーと、メダルを置いてある部屋に、白い人影が出たり、メダルを持った状態で、日本海軍の写真を見たり、本を読んだりすると、暗闇と冷気に包まれるような気がします」

オレは、思い出しながら答えた。

萩原先生は、そのポリ袋を見ながら、しばらくじっと考えて、やがて、

「その黒いポリ袋に入れておいたのはよかったわね。今後も、そのかたちで保管しなさい。そうすれば影響は少ないわよ。できれば処分した方がいいけども」

そうか、やっぱり、このメダルはヤバイのか。そうだよな、これだけ霊現象がおきるんだ

から。

「そのメダルはね、地獄への入り口になっているんです。その戦艦……、何でしたっけ?」

「戦艦『陸奥』です」

「そう、その『陸奥』の地獄にです」

オレは少し考えてから、こう質問した。

「でも先生、『陸奥』は何年も前に、瀬戸内海の海底から浮揚されて、すでに解体されてスクラップになっています。『陸奥』が、この世から消えうせているのに、何でその地獄があるのですか?」

萩原先生は、ニコリともせずに答えた。

「この世にかつて存在したものは、全て霊界にも存在します。現在ではすでに失われたような古代の遺物であっても、霊界には存在し続けるのです」

「じゃあ、解体された戦艦でも、霊界には存在し続けるということですか?」

オレは驚いて、聞き返した。

「そうです。戦艦『陸奥』は、霊界の地獄領域に、今でも存在しています。そのメダルは、地獄の『陸奥』への入り口になっているのです」

そんなことを聞いて、非常に驚いたことは驚いたのだが、その一方では「やはりそうか」と納得している自分もいる。まさに不思議な感覚だった。しかし、本家で遭遇したような、あんなヘビーな霊現象は、もうこりごりだし、地獄に導通して寒気を生じ、ゾッとするのも絶対に願い下げだ。

「先生、これからどうしたらいいでしょうか」

「もう、このメダルは、この袋から出さない方がいいわね。出すと影響が出ると思いなさい。あの軍人さんにも通じちゃって『陸奥』から出張して出てくるし……」

萩原先生は、そこまで言うと、それまで浮かべていた微笑を急に引っ込め、オレの背後にジッと見入って黙り込んでしまった。そして、まるで誰かと話でもしているように、独り言を言っていたと思うと、眉根を寄せて考え込んでしまったのである。

萩原先生は、やがておもむろにオレに向き直り、こう告げた。

「どうやら、少し込み入ったことになりそうね」

オレは、不安でいっぱいになった。先生に相談すれば除霊でもしてくれて、簡単に一件落着かと思ったのに、一体どうなるというんだろうか。

「あなたには、少し仕事があるようですよ」

「仕事って、一体何ですか？」

不安と恐怖でいっぱいになったオレの質問に対して、萩原先生は破顔一笑して、

「それは教えてあげない。自分の運命だと思って取り組みなさいね」

「そんな！　先生！　教えてください！」

オレは、自分が血相を変えてお願いしているのが、よーく分かった。地獄と隣りあわせで生きるなんて、耐えられる人間などいるはずがない。

先生は、うーん、どうしようかなあ、などと、いかにもいたずらっ子のような表情を浮かべながら、こう言い渡した。

「じゃあ、あなただけはレポートの課題を変えましょう。他のみんなの課題はそのままですけど、あなただけは特別に違う課題にします」

単位習得のためのレポートの課題は「ルネサンスの再定義」だった。エジプトから伝来した神秘思想こそが、ルネサンスを理解する鍵であることを論述しなければならなかったはずである。それに替わる、個人的な特別課題とは、一体何なのだろうか。

「あなたのレポートの課題は『陸奥の救済』です。頑張って書いてくださいね」

萩原先生は、それこそニコニコと、本当に楽しそうにオレに課題を言い渡した。呆然としているオレに対して、追い討ちをかけるように、

「まあ、なるようになるから大丈夫でしょう。よほど困ったら電話しなさい」

萩原先生は自宅の電話番号をメモにして、オレに渡してくれた。

「さっきは『運命』だと言ったけど、言い方を変えれば『使命』とも言えるのよ。何が起こるか楽しみね」

そう言い終わった先生は、手早くササッと荷物をまとめて帰ろうとしている。

「先生！　そんなの困ります！　どうやって対処すればいいんですか！」

オレは必死に食い下がった。このまま放り出されたら、一体どうしたらいいか分からない。

しかし萩原先生は、あっさりとオレをしりぞけて、

「じゃあ、がんばんなさい。レポート提出しないと、単位はあげません。期限は六月いっぱいね」

立ち上がりかけた先生は、そうそう言い忘れていたわと、

「心の中に、ポッとアドバイスや声が浮かんでくるようだったら、素直に従いなさい」

それだけを言った。そして、オレに軽くウインクしてから、足取りも軽やかに、学生食堂を出て行ったのだった。オレは呆然と萩原先生を見送りながら、言葉もなく、しばらく座ったままでいた。

どのくらいの時間がたったのだろうか。頼んでおいたまま、飲まずに放置してあったレモンスカッシュが、自分の目の前にあることにやっと気付いて、一口すすり、ようやく人心地ついて、

「冗談じゃない。一体何だよ『陸奥』の救済って。それに心の中のアドバイス？……」

何だかぜんぜん分からない。

一九四三年六月八日　瀬戸内海、柱島泊地

こんなに霧が濃い日はめずらしい。朝方は濃霧に塗り込められていても、今日のように昼近くまで濃霧に閉ざされていることは滅多にない。本艦は停泊中だから、まだましだが、これが航行中だったら霧中航行は大変なことになるだろう。

井田少尉は、そんなことを思いつつ、足元の木甲板を踏みしめて上方を見上げた。普段ならば、聳《そび》え立つ後部艦橋が見て取れるはずだ。だが濃霧に閉ざされて、その基部しか見えない。

彼は、戦艦「陸奥」の甲板士官である。甲板士官とは、軍艦内の風紀を厳正にするために置かれた、初級士官の配置だ。たいていは、少尉に任官したばかりのヒヨッコ士官が、兵学校の悪しき側面である、運動会系の「殴って教育する」という価値観で、下士官兵を暴力的に取り締まる。基本的に技術者集団である海軍の下士官兵たちにとって、蛇蝎のごとく嫌われることの多い配置だ。

甲板士官は、白い艦内服に略帽、ズボンは捲《まく》り上げて裸足、といういでたち。手には「海軍精神注入棒」と大書してある樫の木の棒を持つ。軍紀風紀を乱し、「修正」する必要があると甲板士官が認めた下士官兵に対して、その精神棒がうなりをあげるわけだ。

甲板士官は副長の直属の配置で、部下や組織はない。特に戦艦のような大きな軍艦の場合

は数名の甲板士官が任命されている。井田少尉は、その数名のうちの一人、上甲板士官である。蛇蝎のように嫌われる甲板士官であっても、やはりそこは人間である。嫌われる者もいれば好かれる者もいる。井田少尉は後者の、下士官兵に慕われている存在だ。

彼は、江田島の海軍兵学校を卒業したエリートの海軍将校ではあるが、彼には水兵としての経験があるという、一風変わった経歴を持つ。通常、海軍兵学校を受験するのは、旧制中学の四年、もしくは五年終了時である。しかし、海軍部内にも、兵学校受験の門戸は開かれており、徴兵や志願の現役水兵も受験が可能となっている。

井田少尉の場合には、志願した水兵として勤務していたのだが、抜群の優秀さを発揮したために、兵学校の受験を勧められたのである。水兵としての厳しさに耐えてきた彼に、下士官・兵の気持ちが分かるのは当然といえば当然だろう。

今日は、朝からの濃霧に包まれて、気分としては優れない。しかしそれでも、井田少尉は誇らしい気持ちでいっぱいだった。子供の頃からの憧れの戦艦、「陸奥」に着任して、海軍将校として勤務ができるのだ。

戦艦「陸奥」は、「長門」型戦艦の二番艦。基準排水量四万トンを超える大艦である。世界に七隻しかない四〇センチ砲搭載戦艦として、世界七大戦艦にも数えられた、日本国民の誇りの象徴である。竣工直後に開催された、ワシントン軍縮会議において、欧米列強が強烈に「陸奥」を廃棄する圧力をかけたことにより、「陸奥」は日本中はおろか、世界にもその名を知られ、名実ともに日本の戦艦の象徴となった。「長門」型戦艦の一番艦「長門」が、その陰が薄くなるほどに、「陸奥」の名は、国民に親しまれたのである。

小さな子どもが戦艦の絵を描く時にも、必ず「陸奥」の特徴である、曲がった誘導煙突を描いたものだ。そこまで日本国民に親しまれ、誇りである戦艦「陸奥」で、軍紀風紀を厳正にする勤務につけるのだから、井田少尉にとって、これほど嬉しいことはない。


この対米戦争が始まって、はや二年半が経った。しかし、この巨大戦艦である「陸奥」は、未だに、そのスーパーパワーを発揮していない。本来想定していた主戦場、戦艦同士による殴り合いのような、米国太平洋艦隊の戦艦群との艦隊決戦は遭起せず、戦争の主役は空母と飛行機によって奪われてしまった。

世界の五大国のひとつとはいえ、まだまだ日本は貧しい。国としても国民としてもその苦しさに耐えながら建造された「陸奥」は、絶対に国民の輿望《よぼう》に応える義務があるのだ。

そんなことを考えながら、井田少尉が後部甲板の第三砲塔付近に差し掛かった頃だ。周囲に立ち込めている霧が、何か少し変なことに気が付いた。

（これは霧ではない……、煙だ！）

井田少尉は、何らかの異変が生じたことを察知した。陸地から遠く離れたこの柱島泊地では、周辺から煙が漂ってくる可能性は絶無である。さらには、タバコの煙以外に後甲板に煙が立ち込める理由など、あるはずがないのだ。考えられる可能性はただひとつ。「火災」である。

それまでのゆったりとした足取りと一変して、井田少尉は早足で歩み始めた。

「おい！　この煙は何だ!?」

「誰か！　この煙の元を知らんか！」

立ち込める霧を通して、懸命に周囲を観察する井田少尉。艦尾に近づくにつれて、だんだんと煙が濃くなるように感じる。言いようのない不安感に襲われつつ、艦尾方向へと小走りに移動した。第四砲塔付近に近づくと、いよいよ煙は濃くなった。真剣に周囲に眼を配ると、煙の立ち上る場所が眼に止まった。なんと通風塔から、煙が上がっているではないか。何所《どこ》かで艦内火災が発生して、煙が通風塔から出てきているのだ。

「火災が発生しているのは、艦内の何所でだろうか？」

井田少尉は、何所から通じている通風塔かを確認して、あまりの驚きに言葉を呑んだ。第四砲塔の弾火薬庫から煙が出ているのだ。最悪の事態である。

火気厳禁、危険極まりない火薬庫の通風塔から立ち上る煙。そこから導かれる可能性はただひとつ。弾火薬庫における火災しかない。そしてその後に予測される展開は、山ほど保管してある四〇センチ砲弾への誘爆。そして「陸奥」の爆沈である。

「第四砲塔弾火薬庫に火災だ！」

事の重大さに血相を変えた井田少尉は、近くにいた下士官をつかまえて、叫んだ。

「おい！　当直将校に報告しろ！　第四砲塔弾火薬庫火災！」

そう言うや否や、彼は弾火薬庫へと通じるラッタルから、迷うことなく艦内へ飛び込んでいった。


弾庫にある四〇センチ主砲弾に、火災の炎が引火したのは、ちょうどその時であった。

艦内にいた乗組員には、何が起こったかわからなかったに違いない。自分たちが立っている足元から、想像を絶する衝撃波が襲い、その多くが即死したからだ。

弾火薬庫の大爆発によって、「陸奥」は、第三砲塔の部分から真っ二つに折れた。猛烈な衝撃波とエネルギーは、一撃で「陸奥」を破壊し尽くし、一瞬にしてその前半部を海中に引きずりこんだ。爆発した第四砲塔を境として、後方の艦尾の部分はしばらく浮いていたのだが、前半部の後を追って沈むまでに、わずかな時間しか要しなかった。艦内の乗組員は、ほぼ全員が即死である。

戦艦がいかに重装甲を施していたとしても、戦闘の際の爆沈の可能性は十分にある。大落下角で飛来した大口径砲弾が、砲塔の天蓋を打ち破って弾火薬庫を誘爆させるのだ。ハワイ空襲で、米戦艦「アリゾナ」を爆沈させたのは、「陸奥」の主砲弾を改造した航空爆弾の命中によるものである。主砲から発射されて飛来した砲弾ではなく、我が九七式艦上攻撃機が、高度三〇〇〇メートルから投下した八〇〇キロ爆弾が、主砲弾薬庫の装甲を打ち破り、爆沈せしめたのである。

第一次大戦の英独艦隊による艦隊決戦「ジットランド海戦」の戦訓を取り入れた「陸奥」は、その「アリゾナ」以上に、不要とも思われるほどの重装甲を施していた。しかしその誇るべき水中防御も水平防御も、弾火薬庫の内側からの爆発には、抗すべくもない。

日本国民の誇りである、戦艦「陸奥」は、千名を超える乗組員とともに、この世から姿を消した。垂れ込めた海上の濃霧は、全ての悲劇を覆い隠し、この巨大戦艦の最後を誰にも見取らせなかった。そして、巨大な爆発とともに生じた、真っ黒いキノコ雲だけが、その濃霧の上端を越えて、巨大な墓碑のように、はるか上空まで達していたのである。

第二章——一九八一年六月のある朝—「陸奥」後部甲板

戦艦「長門」

ボーイスカウトの子供を夜通し歩かせる「オーバーナイトハイキング」。

今年もなんとか無事に終了した。歩くスカウトは大変だろうが、自動車で見回り、一晩中運転している俺たちリーダーも大変だ。

新入隊員の小学校六年生にとっては、少し厳しかったかもしれないが、歯を食いしばってよく歩き通した。多分、疲労よりも寝ないことの方がこたえるようで、眠ったままで歩いているようなことも多い。皆が止まったことに気付かずに、前の人間にぶつかる寝ボスケもいるほどだ。

三〇キロを朝までかけて歩きとおし、セレモニーを終えて解散。家に帰ってきたら、すでに朝九時を回ってしまっていた。借りていったオヤジの車、去年買った新車のスカイラインを車庫に入れる。フルモデルチェンジしたばかりの白いR30のスカイライン、ターボ付きだ。

この車、大学のゼミの合宿に乗っていったときは面白かった。マルクス主義バリバリのゼミだから、一風変わったのが多い。一年先輩を乗せた時、「これ外車?」と聞いてきたのには笑えた。スカイラインくらい分からねえかな。普通の日産車だぜ。中国製の「紅旗」やソ連の「ラーダ」なら知っているかもしれないから、「ああ、これ北朝鮮製です」って言ってやったら、あろうことか信じ込んじゃって非常に喜んでたなあ。どうやら、共産主義者には洒落が通じないようだ。

しかし、徹夜明けというのは、どうしてこんなに胃袋をムカムカさせるのだろう。頭の芯にも鉛の固まりが入れられているようだ。食事なんか取りたくもない。このムカムカ状態では、食欲なんかわいてくるはずもないから、これなら寝ちまった方がよほどましだ。

被っていた緑色のベレー帽を取って、そのまま机の上に投げ、首の周りのネッカチーフも外して、その上に放り投げた。片すのはめんどくさいから、茶色い半そで半ズボンのボーイスカウトの制服は、そのまま脱ぎ散らかしておいて、お気に入りのゴリラ柄のパジャマに着替える。とにかく、寝ることにした。カーテンを閉めてベッドにもぐりこんでみたのだが、ところがどっこい、どうしたものか目がさえて、眠いのに寝られそうもない。

しかし本当によかった。事故も怪我もなく、また一人の落伍者も出なくてホッとした気分だ。子供とはいえ、男の世界は非常に厳しいから、もしも途中で落伍して自動車で回収されたりするヤツがいると、その後「あいつは歩かなかった」と後ろ指さされかねないし、へたをすれば「卑怯者」の烙印が押されかねないのだ。また今回は、中三の班長が足を痛めたのに歩き通した。これは男の世界の厳しさの問題ではなくて、リーダーの責任感の問題だったのだろう。「班長なんだから頑張ろう」と、責任を全うしたのだから大したものだ。

そんなことを考えていたら、どうも眠ることができない。精神の緊張がほぐれないからだろうか。ここは、ナイトキャップならぬモーニングキャップでも一杯引っかけて、強制睡眠にでも入ろうか。

自分の部屋を出て台所に行き、食器棚のガラスの引き戸を開けてショットグラスを手に取った。そのまま茶の間に入って行き、オヤジのウイスキーを貰うことにした。ウイスキーは普通の「だるま」なのだが、ボトルのサイズが馬鹿でかい。何リッター入るか知らないが、手で持って注げないほど大きい。このビッグボトル専用の台にセットしてあり、ボトルがシーソーのように傾けられるようになっている。

五〇〇円玉ほどの大きさがあるキャップを開けてテーブルの上に置き、その巨大なボトルを傾けて、なみなみとグラスへと注いだ。

「ちょっと多いかなあ」と、ひとりごとを言いながら、グッと飲み干す。ムカムカする胃袋には多少刺激が強かったようで、むせかけたのだが、そこは何とか押さえることができた。さあこれで安眠だ。グラスは流しに持って行ったが、洗う気にはなれず、そのままにして自分の部屋に戻り、ベッドに再度もぐりこんだ。さあ白河夜船と参ろうか。

もぐりこむ時に、本棚においてある「あの黒いポリ袋」がチラッと眼に入った。

そうだ、萩原先生からレポートの課題を出されてから、早、一月《ひとつき》近くが経った。残念ながら、レポート提出が成功する可能性は非常に少ない。それどころか怖くって、あの「陸奥」のメダルを黒いポリ袋から出すことすらできないのだ。まあ、出さないからかもしれないが、おかげさまで心霊現象は、あの後起こっていない。

「単位を捨てて、このままトボケルか……」

と、そんな気分にもさせられる。第一、オレはエクソシストじゃないし、不成仏霊《ふじょう》なんか救済できる霊能力など、備えてはいない。「陸奥」の救済なんか、荷が重過ぎるよ、まったく。

夏掛けの布団を頭の上まですっぽりとかぶり、眼を閉じたのだが、「陸奥」を考えると眠ることができない。ガバっと跳ね起きて、もう一度「ダルマ」の所に戻り、駆けつけ三杯、グーッとあおってやった。胃袋には悪いだろうが、心の健康にはいいかもしれない。ベッドに倒れこむ前に、最後のトイレに入る。我が家のトイレは第二の書斎と化していて、趣味の本が山ほど置いてある。急速に襲ってきた酔いに耐えつつ、手近な軍艦の写真集に手が伸びた。その表紙は「スリガオ海峡海戦」で燃上する、瀕死の戦艦「山城」だ。圧倒的な兵力差の下、米国の戦艦戦隊になぶり殺しにされた戦艦である。

「ああ、戦わずして無為に沈んだ『陸奥』と、果たしてどちらが悲劇であろうか」

などと、酔いは悲憤を倍加する。

酔いによって理性が麻痺したオレは、思わず「陸奥」のメダルをポリ袋から出して、見入ってしまった。そして倒れこむようにしてベッドに入ったのだ。

「責任感といえば、中学三年のハイキングでも、あれほどの責任を感じるんだ。事故で戦艦を爆沈させちゃ、責任者は死んでも死にきれないだろうな」

ちょうど、熱にうなされる時に似た感じで、吸い込まれるように意識のなくなる前、ほんの一瞬だけそんな思いが頭をよぎった。

頭の中にある鉛の玉と、胃のムカムカのせいだろうか、意識は、なんだか深い海の底に沈んでいくかのように、オレは眠りの闇の中に落ち込んで行ったのである。


気が付いた時は、既に霧の中で立っていた。とはいっても、はっきりと認識できるまでにはしばらくの時間がかかった。それも当然で、ベッドで寝ていたはずの自分が、霧の中で立っているなんて、チョッと想像することもできないからだ。

ようやく周囲を観察するだけの思考力が戻ってくると、立っている足下が板張りの床であり、目の前の濃い乳白色が霧であることがわかった。しかし何かが変である。霧が濃すぎるのが原因かと思ったが、どうもそうではないようだ。空気が、まるでエーテルのように濃密で、しかも冷ややかだ。自分の身体が重苦しくなるような気もしてくる。

ウイスキーを呷《あお》ってベッドにもぐりこんだ時には、お気に入りのゴリラ柄のパジャマだったはずなのに、今着ているのは、なぜだかボーイスカウトの制服である。頭には、さっき脱いで机の上に放り投げたはずのベレー帽。それにネッカチーフもきちんと着用している。

寒々した濃霧の中、半そで半ズボンでは身震いするほどに肌寒い。空を見上げてみたが、塗り込められたような濃霧しか見えない。霧が出ている時は風も吹かないから無風である。濃霧の白一色にアクセントがあるとすれば、ただ霧の濃淡が多少あるくらいのものだ。太陽も見えないから、方角も分からない。そして夕暮れ時のように薄暗いのだが、不思議に、赤い夕焼けになってはいなくて、ただただほの暗いのである。ちょうど千葉の太平洋岸あたりの夕暮れに似ているだろうか。あそこらへんは、西の高台が夕焼けを邪魔しているので、夕方がさほどに赤くはならないのだ。

さて、一体どこに自分がいるのかと、周囲を見渡して観察してみた。右手を見ると、少し離れた所に金属製の手すりが見える。左を振り返って見ると、霧の薄いところを透かして、金属製とおぼしき構造物がおぼろに見えてきた。濃いグレーのその構造物の形を見て、私は心底驚いた。

砲塔と砲身が見えるのだ。それもかなり大きい。戦艦の主砲塔としか思えない大きさだ。少し近寄って確認してみると、霧が少し薄まって後ろの方まで視界が開けてきた。見えたのは二本の砲身が出ている砲塔が二つ。高低をつけて背負い式になっているのが見える。そしてその後方には、さらに後部艦橋とメインマストのようなものが。どう考えても、形から判断するれば、戦艦の後部甲板に立っているとしか思えない。それも長門型の戦艦に。

「一体ぜんたいどうしたっていうんだ」

軍艦マニアのオレとしては、これまで数知れぬ回数、写真で眺めてきた光景だ。砲塔の形状だけを取ってみても、絶対に見間違うことはない。ここは間違いなく、長門型戦艦の後部甲板だ。その現場に立って、直接自分の目で見られるなんて、まったく信じられない奇跡のような話だ。

しかし実際に長門型の甲板の上に立っているとは、到底考えられない。なぜなら、本物の長門型戦艦が地上に存在しているはずがないからだ。「長門」はビキニ環礁の原爆実験で沈み、「陸奥」は柱島泊地で謎の爆発事故で沈没している。沈没している「長門」の水中写真も公開されているし、「陸奥」は先年、サルベージされ解体された。どちらも海に浮いていることは絶対にない。

ならば、「作り物」の可能性があるだろうか、と考えてみた。かつて、日米合同制作の映画「トラトラトラ」の撮影のために、「長門」の実物大のセットを海岸沿いに造ったことがあるはずだが、そんなものが今残っているとは思えないし、先年公開された「大和」のロケ用のセットなら、砲塔が三連装になっているから、間違えようがないのだ。

となると、この景色は「存在してはならない景色」だということになる。だが「悪夢」だと切って捨てるにはリアルすぎて気持ちが悪いぐらいだ。セットの軍艦ならば、映像で見てもニセモノなのが分かるのだが、この艦は恐ろしいまでにリアルである。そこでこれが本当に海に浮いている艦なのか、舷側の手すり越しに見てみることにした。

舷側の手すりから身を乗り出してみると、外は確かに海だった。霧で遠くまでは見渡せないが、確かに、停泊している軍艦に乗っているように思える。航行しているわけではないようだ。

広い甲板を歩いてみても、人影らしきものはまったくいないし、それどころか生きている人間の気配すら感じない。そう、まるで幽霊船かと思うほどに、無気味に静まりかえっている。ここが本当に戦艦だとしたら、乗組員は優に千名を超えるのに、ここには誰もいない。一体、どう考えたらいいのだろう。

大体、ここがどこで、この後どうしたらいいのか。考える材料すらないのには困った。途方に暮れるしかない。

「すみませーん、誰かいませんかー！」

「おーい！　誰かいないのかー！」

何度も呼びかけてみたのだが、誰も出てこない。薄暗く、そして寒い。ここははっきり言って気味が悪い。どうしようかと進退には窮まったのだが、そこはマニアの悲しさ（?）で、興味の方が先に立つ。

一段高くなっている第三砲塔の方に歩いていくと、その圧倒的な存在感にはただただ感嘆するばかりだ。

「これが一六インチの主砲か……」

それは、あの大和型出現まで世界最大の巨砲。「ビッグセブン」と呼ばれた世界七大戦艦の中の二隻、長門型の「長門」と「陸奥」の主砲だった。当時の情勢では戦艦とは最終兵器であり、当時の日本が世界最強の戦艦を建造、運用しているということは、現代の軍事情勢に照らして考えれば、アフリカあたりの貧困国が、高度な大陸間弾道弾を保有しているに等しい衝撃だったはずだ。ほぼ全ての有色人種が、欧米列強の植民地支配を受けていた当時では、全世界の有色人種の希望の星だったといってもいいほどだと思う。

ことにワシントン軍縮会議で、その所有にケチをつけられた「陸奥」など、戦前の戦艦の代名詞として日本国民知らぬものがない軍艦だった。

不気味な濃霧と寒さを忘れ、しばしウットリとその壮観を堪能していたのだが、自分が置かれている摩訶不思議な環境と、進退窮まったことをようやく思い出して、申し訳のように声を出してみた。

「スミマセーン！　誰かいませんか！」

すると、第三砲塔の基部――バーベット――の背後に「うごめくもの」が見える。誰もいなきゃいないで不安だが、誰か出てくるとなると、もっと不安だ。やっぱり、夢にしちゃ迫力ありすぎる。

考えて見れば、これまでにもさんざん変な夢を見てきた。一番変だったのは、ペンギンに宣戦布告された夢だった。子供のペンギンをからかってたら、ペンギンの社会から「もう怒ったぞ！」という主旨の宣戦布告書が届いて、戦争に突入した夢だ。こりゃ馬鹿な夢だったので、気楽に見ることができた夢だった。しかし夢には夢の法則があって、チラッと思ったことが、どんどんエスカレートして展開していく。恐怖心を抱いたならば、即座に地獄のような世界に場面が変化する、といったようにだ。

だから、今見ているこの世界、リアリティがありすぎだが、夢だと想定して対処するほうが間違いがないだろう。変な想像をして場面を急展開させてしまい、スプラッター系になったりしないように注意しなくてはならない。できれば、メルヘンチックだったりハッピーエンドに結びついたりするように、がんばってみよう。


霧の中で「うごめくもの」の姿を、息を飲んで凝視していると、やがてそれはこちらへと向かってくる様子である。そしてそれは近づくにつれて、段々と人の姿を取り出してきた。頭のあたりに白い二本線が見える。准士官以上が被《かぶ》る黒い略帽ということになる。

やがてその人影は、第一種の黒い軍装に身を包んだ、海軍士官の人影となった。よかった─！　化け物じゃなくて！

襟の階級証を見ると准士官である「兵曹長」である。背はさほどに低くなく、痩せ型で細面だ。年齢は四〇歳を超えているであろうオジサンだ。海軍士官はスマートネスがモットーなはずなのだが、どことなく制服姿がしおれて見える。そして、幸福な世界なんかとは、何十年も縁がなかったような顔だ。内臓でも患っているような顔色は、まるで鉛色だし、はっきりしてきた表情を見ても、苦悩に満ちている。数十年間、まるで笑ったことがないような雰囲気である。

一言で言うならば、まるで幽霊だ。その不気味な准士官が段々と近づいてくるのは、これはまた恐怖である。ただでさえ寒いのに、さらに背中にゾゾッと寒気が走る。お化け屋敷だって入れないほど、怖いものに弱いオレは、その恐怖を紛らわすために、大声で話し掛けた。

「スミマセン！　ここはどこですか？」

私の大声を聞いたその准士官は、明らかにギョッとした様子で、きょろきょろと周囲を眺め回した。そして、恐怖に表情を曇らせ、少し背を丸めながら早足で近づいてきた。一体、何をされるのかと、かなりビビッたのだが、あにはからんや、彼は人差し指をくちびるの前に持ってきただけだ。相変わらず眼は周囲を警戒するようにせわしく動いている。静かにしろって言うだけで、別に攻撃してきそうな感じではない。よかったー！　害意はないわけだ。でもまあ、こんなしょぼくれたオジサンじゃ、怖くもなんともないのも事実だが。

でもなんで静かにしなきゃいけないんだろうか。この准士官、怖がり方が普通ではない。それほどまでのヤバイ原因があるのだろうか。オジサンから感染してきた恐怖にオレもとらわれながら、声をひそめて聞いてみた。

「何で静かにしなきゃならないんですか」

「静かにしろ！　アイツに気づかれる！」

准士官はかすれた声で、こう答えたのだ。

「アイツって、一体誰ですか？」

「甲板士官だ！」

准士官は、ありありと恐怖の表情を浮かべるとそう答えた。

答えてから、オレの存在があまりにも場違いなのに、あらためて気がついたようで、少しビックリしたような表情を浮かべると、オレの頭のてっぺんからつま先まで何度も眺め回し、さらには頭の上の部分から、もっと上に向けて凝視した後で、やっとまた口を開いた。

「キミ、誰？　ここで何してんの？」

オレにしてみれば、こんな変な世界、「一体何だ?!」と叫びたいところだが、考えて見れば長門型戦艦の上に、ボーイスカウトの隊長が制服で立っていることの方が、よほど変かもしれない。そう思い直して、説明をすることにした。

「これはボーイスカウトの制服で、私はリーダーです」

「え？　ボーイスカウト？　何だそりゃ？」

このオジサン、ボーイスカウトを知らないの？

もしもこの世界が本物で、長門型戦艦が存在している時代だとすると、「ボーイスカウト」と言う呼び方は、未だ存在していないかもしれない。そこでオジサンが分かるように、戦前の組織名を必死になって思い出してみた。確か……そう、「大日本少年団」だ。

「えー、大日本少年団の指導者です」

「その指導者が、ここで何してんの？」

胸に縫いつけてある「ボーイスカウト日本連盟」というワッペンを読みながら、准士官は質問してきた。そう、オレも同じことをあんたに聞きたい。

「家で寝てたわけなんですが、気がついたらココにいました。一体ココはどこですか？」

准士官は、声をひそめたままで答えた。

「ここは戦艦『陸奥』だよ。知らなかったの？」

爆沈して数十年、すでに引き上げられて解体されているはずなのに、今、どうしてココに存在しているのだろうか。それにこのオジサン、本物の准士官としか思えないリアリティがある。こんな泥臭い雰囲気の人は、現代社会には存在しない。

オジサンは、オレの頭の上を凝視した後で、その視線をもっと上方にすべらせて、また驚いたようにこう言った。

「キミ、まだ生きている人間だね、久しぶりに見たよ」

え！　じゃあオジサン、あんたは生きてないってこと？　確かに幽霊っぽいけど、本物？　じゃあこの「陸奥」は、あの世なわけ？　この世にもう存在しないモノでも、あの世には存在し続けるの？　これほどまでにリアリティがある目の前の「現実」は、霊界の景色ってこと？　幻想なわけ？

疑問は無限に涌いてくる。あの世のことなんか教えてもらえる機会など絶無だから、決して正解が想像できない疑問ばかりだ。尽きない疑問に、オレは頭が混乱してきた。

オジサンは、間断なく周囲に眼を向けながら、相変わらず声をひそめてオレに聞いてきた。

「今、昭和何年になった？」

「今年は昭和五六年です」

オジサンは、少し遠くを見るような様子を見せてから、意を決するようにしてまた質問してきた。

「『陸奥』は沈没したのかい」

オレは記憶を総動員して、「陸奥」の情報を頭の中でおさらいしてから、

「柱島泊地で、第三砲塔の弾火薬庫が事故で爆発、すぐに沈没しました。確か昭和一八年六月八日、正午過ぎに爆発したはずです。折からの濃霧に隠されて、爆発の瞬間は、近くに停泊していた僚艦からも視認できなかったそうです」

オレは自分で言っている内容が、何か引っかかって仕方がない。しばらくボーっと考えていたら、頭の中でやっと何かが結びついてきた。そして、オジサンの背景の濃霧を見て、その答えがピンときたのだ。なんと今日は六月八日だ。年こそ違え、人間でいうなら祥月命日。しかもこの「陸奥」は濃霧に塗り込められている。左手にはめた時計を見ると、時間は午前

一一時。あと一時間ほどで、もしかしたらこの「陸奥」は大爆発を起こして沈没するかもしれない。なんとここは、「陸奥」爆沈の現場……。

しばし呆然としていたら、オジサンも同じく呆然としていたようだ。だがしばらくしてから、とつとつと独り言を言うようにオジサンが話しはじめた。

「爆発したようにも思えたし、沈んでしまったような気もしていた。だが、気がついてみると、『陸奥』は普通に浮いているし、一緒に爆発したと思ったこの身体には別に異常もなく、ワシはこうして元気にしている」

「でも、現実の世界での『陸奥』は、確実に沈没しましたし、昭和四八年に引き揚げられて、解体されもしました。これは間違いありません」

話しているオレの方も、沈んだ現実の「陸奥」と、目の前に存在していて、圧倒的な現実感で迫ってくる「陸奥」と、どういう関係にあるのかがまったく分からない。第一、現実に「陸奥」に乗り組んでいたであろう准士官のオジサンが、目の前にいること自体が変だ。現代まで生存しているならば、信じがたいほどの高齢になっているだろう。でも目の前に立つオジサンは、当時と同じ年恰好で出ているではないか。それでは到底、亡霊だとしか思えない。

「兵曹長さんは、現在、昭和何年だと思ってますか？」

「大東亜戦争三年目の昭和一八年だ」

半ば予期していた回答だったが、この判断をどうつけようか。この世界が現実の本当の世界で、オレの方がタイムスリップしたと考えるのか、それともここがこの世ではなくて地獄の世界であり、その地獄に存在する「陸奥」にオレが迷い込んだのかをだ。肌で感じるこの違和感は、「この世界は、時間がずれているだけではない」と告げている。この世界はオレの住んでいる現実の世界ではありえないと、そう五感が告げているのだ。いや、五感を超えた知覚もが、「ここは地獄だ」と告げている。

「それからもう四〇年近く時間は過ぎてます。オレの生きてる世界は、昭和五八年ですから」。オレのその言葉をしばらく噛み締めていたオジサンは、やがてポツリとこう言った。

「やっぱり、ここはあの世なんだな。それでようやく腑に落ちた。最近どうも変だと思うようになったんだ」

そして兵曹長はこう続けた。

「やはり第三砲塔が爆発したのか。オレの責任だな。それじゃあ許されるはずがない。『陸奥』を爆沈させてしまった責任は消えることはない。オレは永遠に地獄にいなければならん」

この兵曹長は弾火薬庫爆発の責任を感じて、この地獄に留まっているのか。オジサンの感じている責任感と、現代人の認識とは、えらいギャップがあるものだ。現代の国民のうち、一体どれだけの人が、戦艦「陸奥」の存在を知っているだろうか。存在すら知らないのだから、「陸奥」爆沈の責任を問う考えなど、日本国中どこを探してもありえるはずはない。

オジサンは、思いつめたような表情で、絞りだすようにこう続けた。

「ワシさえしっかりしておれば、『陸奥』は沈まなかったのに……」

自分を追い込んでいく独り言は、オジサンから表情を奪っていく。自分を許せなかった責任感が、兵曹長の心を地獄に押し込めてきたのだろうか。思いつめたような表情は、段々と常軌を逸してきた。あまりに巨大な自己処罰の思いに打ちひしがれたオジサンは、その深い淵に引きずりこまれそうになっている。まるで自分をブラックホールに押し込もうとしているように。

オジサンに自殺でもされたら大変だと思い、おれは懸命にフォローした。でも、もうこの兵曹長、すでに死んでいるんだから、自殺するってのも大変だろうなあ。

「兵曹長さん、日本人は誰も『陸奥』を知りませんよ。許すも許さないもありません。ただの歴史の一こまとして知っている人が、万人に一人くらいいるくらいのものです。責任感から自己処罰をしても、下手すれば独り相撲に終わってしまい、意義がないかもしれませんよ。こんな場所、もう出たほうがいいんじゃないですか？　もう戦後四〇年ですよ。誰も爆沈の責任など問いはしませんよ」

おお、なんというカッコイイ発言！

自分で話していて、自分の言葉に酔いそうだ。でもよく考えてみると、こんな内容の話、普通のオレがするはずがない。まるで誰か他の意識が、オレをコントロールして言わせたみたいに思えたほどだ。一体どうしたというんだろう。

「誰も知らん。独り相撲か……」

心が少し戻ってきたオジサンは、うつむき加減で考え込んでしまった。

と、その時だ。

「そこにいるのは誰か！」

ゾッとするような声が、甲板に響く。

「甲板士官だ！」

兵曹長が、恐怖に表情をゆがめながら言った。

「どこかに隠れて！」

オレを声の反対方向に押しやり、兵曹長は甲板士官に近づいていった。急いで物陰を探し、隠れて、そのやり取りに聞き耳を立てていると、甲板士官の、かなり凶暴な声が響いてきた。

「貴様か、島田兵曹長！　なぜ配置を離れた！　そんなことだから、爆発事故が起きるのだ！　そのひん曲がった根性を修正してやる！」

怖いもの見たさで物陰からソーッとのぞいて見たら、二人が向き合って立っているのが目に入った。凶暴な声を出しているヤツは、オジサンよりも頭ひとつ大きい。その、いでたちは、白い艦内服に略帽、ズボンは捲り上げて裸足。手には確かに木の棒を持っている。雰囲気としては確かに甲板士官そのものだ。

「足を開け！　歯を食いしばれ！」

そう言う甲板士官の口元からは、青白い燐光のような不気味な光がこぼれて出てくる。それにチョロチョロと蛇のような舌も出ている。

「化け物だ……」

これまで見たこともない恐ろしさに、思わず後ずさりしたオレは、何かに躓《つまず》いてよろけてしまった。転倒だけはしなくてすんだが、盛大な物音だけは発してしまった。

「誰か！　そこにいるのは！」

甲板士官がこちらを振り向いて叫んだ。

やべえ、どうしよう！

慌てふためいて反対側に逃げたのだが、すぐに舷側の手すりにぶちあたってしまった。どっちに逃げるか逡巡している間に、甲板士官の足音が近づく。思いのほか、動きのすばやい男だ。

「動くな！」

その「化け物」甲板士官の口をついて、裂帛《れっぱく》の気合がかかると、逃げようとしていたオレは、なぜだかその場に凍りついたように動けなくなってしまった。いわいる金縛り状態だ。まあ、起きているから金縛りといっても、剣豪たちが相手を動けないようにする「金縛りの術」に近いかな、などと考えていたご気楽な気分も、近づいてくる甲板士官の姿を見ると消し飛んだ。

「貴様、何者だ！」

まったく身動きの取れないオレは、間近に迫る甲板士官を、ただ見ることしかできない。目の前で話す口元からは、吐息に合わせて、先ほど見た燐光がこぼれている。その唇は、耳に近い所まで裂けて、垣間見える歯はとがっているようだ。

「これじゃ、悪魔じゃん」

声に出せない声を発して、オレは助けを求めてみた。あの島田兵曹長はどうだろう、そう思って探してみると、兵曹長はソーッと一人で逃げ出したところだった。この根性なしめ！それでも准士官か！

「なんだ！　この服装は！　英軍のじゃないか！」

「貴様、英軍のスパイだな！」

確かにアフリカ戦線の英軍の服装に似てるけど、胸には「ボーイスカウト」って書いてあるだろうが！　そう言いたいのだが、金縛りで口が利けない。金縛りを解けよ！　化け物！

「貴様は一体、何者だ！　吐け！」

鼻が触れるほど近づいて叫んだその甲板士官の口からは、何か獣のような口臭がただよってきた。ああ、勘弁してくれ。燐光だけでも十分不気味なのに、止《とど》めは獣のニオイか！　誰か助けて！

「口を割る気がないならば、身体に聞いてみるしかないようだな」

耳まで割れた口に、不気味な笑みを浮かべながら、いかにも嬉しそうに言うではないか。

アホタレ！　金縛りを解けよ！　いくらでも話すのに！

甲板士官が取り出したのは、「海軍精神注入棒」。でも、普通の精神棒と違うみたいだ。ただのかしの木の棒じゃないぞ！　妙に太いじゃないか！

「これはオレが改良したモノだ。効き目が違うぞ」

さも嬉しそうに見せるその精神棒は、どこから見ても鬼が持っている金棒にしか見えない。それもイガイガがとがった釘じゃないか。こんなので殴られたら死んじゃうよ。

「骨まで砕けるぜ。グチャグチャにな」

ヒヒヒ、と不気味な笑い声を発して、さも嬉しそうだ。こっちはその分、地獄に落とされた心境だよ。

一転して鬼の形相を取り戻した甲板士官は、その改造精神棒を力いっぱい振り下ろして、オレのすぐ横の甲板を直撃した。破壊音とともに砕け散る木甲板。

「今度はオマエの太ももで試してみよう。それでも口を割る気はないのか？」

どうしてそんなに嬉しそうに言うんだ！　言いたくても言えないだろうが。金縛りを解けって。多少暴れる気分を出すと、少しだけ身体が動いたようだ。

「あくまで抵抗するっていうんだな」

なんとも嬉しそうだ。殴りたくて仕方がないんだろう。この化け物は。

夢ならなんとか早く醒めてくれ、こいつにぶっ飛ばされる前に。今まで見た悪夢なら、大抵、このあたりで目が覚めるものだ。でもこの「夢」、今までのとは違いそうだ。ああ、目が覚めなかったらどうしようか。もう後は祈るくらいしかない。

信仰心とはまったく縁遠かったオレだが、こんな時は神仏にすがるしか方法はないじゃないか。生まれて初めて真剣に祈ってみることにした。誰でもいいから早く助けてくれ。目の前にいるこの「悪魔の手下」みたいなのがいるのならば、「神様の手下」がいてもいいじゃないか。

真剣に「助けて」と祈るオレの心の奥に、その時、ポッと暖かなエネルギーが沸いてきた。そのエネルギーには、日本語の形にはなっていないメッセージ性が伴っている。無理に日本語に訳すればそれは、「聞き届けたり」という意味になるだろうか。そんな思いがポッとわいてきて、不思議なことだが、オレは「助かった!」ことを確信できた。何の根拠もないのだが。

そんな確信と裏腹に、甲板士官は野球のバッターのように、横のスイングに入ろうとした。観念して目をつぶってしまったオレは、しかしいつまでたっても衝撃がこないことをいぶかしみ、片目を開けて化け物の姿を窺《うかが》ってみた。甲板士官は動きを止めて、オレではない別の何かを凝視している。注視していたのは、オレの背後にある舷門。誰かがタラップを駆け上がってくるのだ。

そういえば、エンジンのような音がしばらく前からしていたかもしれない。目の前で化け物が暴れているから、気にすることもできなかったのだが、今考えてみれば、あれは確かにエンジン音だ。それに内火艇が接舷する音。誰かが「陸奥」に乗り組んできたのだ！　これで何とか助かるかもしれない。「祈りに必ず応えあり」だ！

ふと気がつくと、金縛りは解けている。甲板士官の注意がオレから外れたとたんに、たぶん念力が解けたのだろう。単なる念力ではなくて、何らかの術かもしれないが。

オレは急いでその場から身体を動かした。一撃を食わないですむだけの移動だが、最低限の安全だけは確保して、その場の行方を確かめることとした。

最初に駆け上がってきたのは、第一種の黒い軍装に身を包んだ士官だ。その上に雨衣を羽織っている。帽子は黒の略帽だ。そして不思議なことに、身体の周囲がぼんやりと光っているように見える。そう、オーラというやつだろうか。

「呉三特、『隼鷹』分遣隊の斉藤中尉だ、貴様そこで何をしているか！」

その士官は、息せき切ってタラップを上がると、即座に言葉を発した。

「クレサントク」って、「呉第三特別陸戦隊」の略称だよな。何でその陸戦隊が、空母の

「隼鷹」に分遣隊を出すんだろうか。

化け物甲板士官は姿勢を正して中尉に対して敬礼し、「本艦の甲板士官、井田少尉です。英軍のスパイを尋問しておりました」と返答する。

あれ？　今、イダ少尉って言ったよな。あの化け物、オレと同じ名前じゃあないかよ。何だか引っかかるな。

そのやりとりの間、他の海軍軍人たちもタラップを上ってきた。斉藤中尉以外に、中佐が一名、残りは六名の下士官で、水兵はいないようだ。その全員が、黒い第一種軍装に身を包み、その上から雨衣のコートを羽織っている。足下は脚半―ゲートル―で固めてある。一見して、かつての上海陸戦隊のようである。

全員が甲板に姿を現すと、きびきびと周囲を警戒している。一人の下士官が私の所まで来ると、頭の上とその上方を眺めてから、こう言った。

「指揮官！　ここにいました！　地上人確保です」

それを聞いてうなずいた斉藤中尉は、化け物甲板士官に対して諭すように、

「彼は英軍のスパイではない。単なる民間人だ」

甲板士官は敵意を隠そうともせずに、大声で抗弁する。

「しかし、この服装は英軍のものだ！　スパイなのは明らかだ！」

それまでは後方に控えていた中佐が、前に出てきて口を開いた。

「甲板士官、オレが誰だか分かるか？　本艦の副長だ。貴様、上官の言うことを聞け。もう戦争は終わっているんだ。戦後もう四〇年経ったんだよ。本艦もすでに沈没して久しいのだ。英軍もスパイもない。敵も味方もないのだ。貴様も早々に戦闘行動を中止して、本艦を退艦せよ。新たな人生をスタートさせよ」

情理を尽くして説得しているのが、オレにもよく伝わってきた。しかし、甲板士官は受け入れる様子がないばかりか、何を言われているのか理解できないようだ。それ以前に、聞こえないのだろうか。まったく反応が感じられない。

「中佐、彼らは魂の牢獄に自分を押し込んでいます。何も理解しようとはしません。残念ですが、彼の救済は別の機会を得て考えましょう」

「甲板士官！　この民間人は、われわれが保護する！　いいな！」

大音声で中尉がほえるように言うと、甲板士官はそれだけは理解できたようで、敬礼をするときびすを返し、霧の中へと消えていった。

「かわいそうに……」

中佐が、そうつぶやいていた。

助けに来てくれた下士官は、「大丈夫ですか？」と言いながらオレを助け起こしてくれて、中尉の所に連れて行ってくれた。

「君、まだ生きている人間ですね。ここには何をしに来たんですか？」

そんなこと、こっちが聞きたいくらいだから、何も答えられるはずがない。

「私にもよく分からないんです。家で寝ていたはずなんですが、気がついたらここに来てました」

指揮官は、少し首をかしげて考えながら、

「じゃあ、自分で意図してここに来たわけじゃないんですね」

「まったく違います。ところで、一体、ここはどこですか？」

彼はまたもやビックリした様子で、答えた。

「ここは戦艦『陸奥』の後部甲板です。知らなかったんですか？」

「さっき准士官の島田っていう人と、少し話した時に、そんなことを言ってました。しかしどういう意味なのかが分かりません」

オレは、混乱した頭で、こう質問した。それに、なんであんな化け物まで出るんだ？

「『陸奥』がこの世に存在するはずがないですよね」

そうたたみかけて質問すると、半ば予期した答えが、指揮官の口をついて出た。

「そうです。この世には存在しません。しかしここはこの世ではないのです。霊界にある『地獄』の一部なのです。この戦艦『陸奥』は霊体としての存在です。あるいは、過去の幻影だといってもいいのかもしれませんね」

ここが「地獄」だって？

あんた方は、死んでるってのか？

その亡者が、ここで何をしようっていうんだろうか。

「あなた方は、一体何ものですか？　ここで何をするんですか？」

私のその質問への答えは、本当に驚きだった。

「われわれは『海軍特別救助隊』です。今回は任務で『陸奥』の乗員を救済に来ました」

そんな部隊、これまで聞いたことがない。怪しんで訊ねると、各鎮守府で組織されていた「海軍特別陸戦隊」を改組したものだという。そして、その目的は、戦死した海軍軍人の魂を、苦しみの世界―地獄から救済すること。この「陸奥」は、だいぶ浄化が進んだので、もう少しで阿修羅地獄から天上界に移動するはずだが、未だ救済されない魂たちは、かなり強情で救済が困難な魂ばかりだそうだ。そして最後にこう付け加えた。

「私たちは、あなたがリクエストした『神様の手下』です」

そこまで説明されている間にも、下士官たちは周囲への警戒をおこたらない。指揮官が一通りの説明をし終わると、さっきオレを助けてくれた、いかにも潮焼けしたような真っ黒な顔のゴツイ下士官が意見を述べた。

「指揮官、爆発まで残り一時間です。急がないと」

「うん、そうだな。しかし、この人をどうしよう」

オレの方を振り向きながら、指揮官が言った。

やっぱり爆発するのか！「祥月命日」だし……。下士官もオレの方を見ながら、

「この人を保護してこのまま帰り、任務は中止にしますか？」

一体、任務って何だろう。

「自分の力で地上に帰れればいいんですが、それが駄目だった場合は、ここで待機してもらうか、任務に同行してもらうかです。このまま置いとくと、火薬庫爆発の想念のエネルギーに巻き込まれるかもしれません。それに甲板士官にまた捕まる可能性があります。どうしましょうか」

と、下士官は続けて中尉に言った。

指揮官がオレに対して、「あなた、自分で帰れますか？」なんて言ってきたが、オレが自分一人の力で帰れるわけはない。無理だ、帰れないと言ったら、下士官がこう言った。

「指揮官、連れて行くしかないでしょうね」

オイオイ、どこへ連れて行こうっていうんだ！　任務って何だよ！

指揮官は決断したそぶりでオレに向かうと、

「ところで、お名前をうかがっていませんでしたね。私は、呉三特『隼鷹』分遣隊の斉藤中尉です」

「あ、井田です。よろしくおねがいします」

「え？　さっきの甲板士官と同じ名前ですか？」

と、指揮官が驚いて聞き返してきた。

「偶然なんでしょうか。同じ名前のようですね」

それを聞いた指揮官は、

「この世にもあの世にも、『偶然』ということはありえません」

というと、しばし考えこんでいる様子だ。何だよ！「偶然じゃない」なんて意味深なこと言うじゃないかよ！

やがて指揮官は、ある結論を導き出したようで、おもむろに口を開いた。

「どうやら、こみいったことになりそうですね」

そこで少し考えてから、こう続けた。

「井田さんには少し、仕事があるみたいですよ」

このせりふ、どこかで聞いたことがある……、そうだ！　萩原先生のせりふと同じじゃねえか！　すると……、あの「陸奥」のメダルか！　悪さをして、オレをこんな世界に連れてきやがったんだ！

これでレポートは書けるかもしれないけど、一体これからどうしたらいいんだ……。それに、あの甲板士官、どこかで見たような気がする……、一体、どこで見たことがあるんだろう。

オレは、ブツブツと独り言を言いながら、しばらく考えていた。そのほとんどが、無駄な思考でしかなかったのだが、その中でひとつだけ「そうかもしれない」と思うことがあった。それは、あの化け物甲板士官のことである。本家の金縛りで出てきたのは、ヤツに間違いない。あいつは、オレの身内だ。

「井田さんの安全のために、これから一緒に行動してもらいます。それから、この剣を腰に履いてください」

指揮官はそう言うと、自分の腰に帯びていた短剣を剣帯ごと外して、オレに差し出し、

「これは外見上、普通の短剣ですが、実は『降魔の光』を帯びています。いざという時に役に立ちますから」

オレは「お預かりします」と言って、短剣を受け取り、しげしげと眺めてみた。この短剣は海軍士官が常時携帯するものだ。へー、こんな手触りのものだったのか。しかし、「降魔の光」を帯びるって、一体どういうことだろうか。

オレに向き合っていた指揮官は、振り返って言った。

「先任下士官！　この方のケアを！」

さっきのごつい下士官が先任下士官だったのか。

「先任下士官の永井上等兵曹です。これからご一緒します」

「こちらこそよろしくお願いします」

近づいてきた先任に、こちらも挨拶を返す。右も左も分からないんだから、もう運命を全

部託すしかない。

先任は、柔道でもやっていそうなごつい身体と顔、黙っていると非常にとっつきにくい感じだが、笑うと目元は予想外にかわいい。言葉には多少関西系のようななまりがある。やっぱり呉の部隊だから、関西出身者が多いのだろうか。

「ああ、必要になる時まで、剣は抜かないでください」

短剣をさやから払って、中身を拝見しようかと思ったのだが、先任下士官にそう言われたので、そのままでオレはその剣を腰にはくことにした。剣帯は皮でできていて、バックルはかちりとはめ込むタイプ。腰に回してみると、不思議にサイズはぴたりだ。重さも負担感もない。

「では突入前に、最後の確認をする。先任下士官！」

指揮官がそう言って最終確認がはじまった。


その頃、霧の立ち込めた甲板を、はだしのままの甲板士官が、艦の前方に向かって歩いていた。もちろん、異常の有無を確認しながら、あちこちに蛇のような視線を送っている。甲板士官は、くやしくてたまらなかった。せっかく捕まえた英軍のスパイを、こともあろうに副長が解放するとは。あれはたぶん、一緒にいた中尉が悪いのだ。副長はだまされたに違いない。第一、陸戦隊がなぜ戦艦に乗り込んでくるのだ。それも完全装備で。悔しさがこみ上げてくると、その心の炎は外部にまでにじんでくる。先ほどは発する言葉と一緒に、燐光がちらつくだけだったのだが、今では悔しさと怒りの炎が、身体全体から立ち上っているのが、自分でも分かるのだ。

「何とか阻止せねばならん」

甲板士官は、何かあったら報告するように、「上」から言われているのを思い出した。直通の電話が設置されているのだ。しかし、「上」へ報告するのには、多少逡巡してしまう。これまでの報告で、うまくいかなかったような内容だと、それこそ半殺しにされるほど「修正」されたのだ。だから今回も、スパイをみすみす逃がした報告を上げたらば、またあの「修正」が待っているかもしれないからだ。

しかし、その逡巡を超えるに足るほどに、怒りと悔しさは大きい。よし、すぐに報告して、何とかあのスパイを阻止してやろう。でも、あのスパイ、なぜ頭の上から細い紐のようなものを出していたのだろう。それに、副長は変なことを言っていたな。「戦後四〇年」とかなんとか。何であんなことを言ったんだろうか。

これから待っているであろう「修正」を考えて、甲板士官は少し身震いした。

「だが待てよ、あれほど半殺しにされたオレは、どうやって回復したんだろう」

今までまったく疑問に思わなかった「この世界」の不条理に、どうしたわけか甲板士官は気がつき始めたようだ。

「それに、オレに半殺しにされたヤツらも、またすぐに元通りになっていた。これは少し不思議だ」

「陸奥」爆沈から四〇年。地上から迷い込んだ人間の存在が、地獄界の一部に変化と波風を立てようとしている。

第三章——下甲板兵員室

内火艇

「一一四〇に艦内に進入。進入口は後部昇降口。進入する順序は予定通り。地上人の井田さんは、中佐と私の間に入ってもらう。要救助者は中田一等水兵。火薬庫爆発のショックと浸水・沈没の恐怖で、ほぼ無意識状態が四〇年続いている。これまで、全てのアプローチが効果なしだったが、今回、地上で縁者による『供養』が行われるのにリンクして、再度救済にチャレンジする」

と、先任下士官は、手際よく最終確認を続けていった。

「次に救済手順だが、兵員室突入後、「降魔の剣」で結界を張り、爆発の影響を防ぐ。その後、『供養』の光が要救助者に対して影響を与えたのを確認して後、本人の説得にかかる。これが効果を発揮した場合には、水中マスクを装着させて、沈没海面に浮上。内火艇で救助して、『隼鷹』に収容する」

(聞いているだけだと簡単そうだが、この「供養」っていうのは何だろう?)

と、オレは疑問に思った。

「最後に注意点だ。甲板士官の状態を勘案すると、闇の勢力からの妨害も考えられる。また艦内は完全な不浄域と化しているので、意識を『持っていかれ』ないように。特に今回は下甲板まで突入するので、惑わされて帰途を見失わないよう。ただし今回は地上人の井田さんが加わっているので、退去する道筋は、井田さんのシルバーコードを参考にできる」

そう聞いた皆が、私の頭から上を見上げている。そう言えば、さっきもこうやって見られたが、一体何だろうか。自分でも見上げてみると、ものすごく細い銀色のコードが、オレの頭から上の方に向かって伸びている。途中からその線は霧の中に消えているが、どこまで続いているのか、その先端は分からない。これは一体何だろうか。

「質問は？　なければ剣を配給する。増沢主計兵曹！」

呼ばれた増沢兵曹は、ニコニコと笑みを浮かべながら、その小太りの身体を前に進めた。そして背囊《はいのう》を背中から下ろして、その中に手を突っ込み、中から剣を次々と取り出した。小さな背嚢のどこに、これほどの剣が入るというのだろう。まるで奇術でも見ているようだ。ドラえもんの四次元ポケット並みの不思議さがある。

増沢兵曹が取り出したのは、西洋風のまっすぐな剣である。ギリシャやローマの兵隊が使っているような剣で、あのアーサー王の剣を小さくしたような諸刃の剣だ。銀色に光る金属製のさやに収められていて、不思議なことに全体からかすかに光が生じている。

その剣を受け取ったのは、先任以外の四名の下士官だ。彼らがその剣を腰に帯びるようなしぐさをすると、不思議なことに剣帯がどこからか沸いてきて、彼らの腰回りに現れたのだ。まことに不思議な光景だ。

「剣は、非常時以外、命なくして抜かないように」

先任下士官はそれに続けて、「これより五分後に艦内に進入する。以上で最終確認を終了する！」とブリーフィングを終了した。

「井田さん、これ着てください」

主計兵曹の増沢さんが、黒い雨衣を差し出した。

「その格好じゃ目立ちますから」

ありがとうございますと言って、頭から雨衣をかぶったオレは、

「オレの頭の上にコードが生えてるんですけど、これ何ですか？」

と、先任下士官に聞いてみた。

「あれ？　知らないんや？　これは、生きてる人間の魂が肉体から離れている時に、魂と肉体をつないでいるコードだよ。シルバーコードとか、霊子線とか呼ばれている。古《いにしえ》の日本では『魂の緒』なんても言ってたみたいやで」

と、先任下士官は答えた。

「なるほど、だから皆がオレの頭の上を見て、『生きてる』って言うわけですね。でもこのコード、伸びすぎて切れることはないんでしょうか。艦内に突入したら、角が引っかかって切れそうですから」

と、いうオレの質問に、先任はすぐに答えた。

「ああ、その心配は要らないんや。このコードは世界の反対まで行ったとしても切れんことになってる。心配は無用や。まあ考えてみれば不思議な話やけどな、この霊界は広大無辺、不可思議なことばかりかもしれん。特に地上人には。ああ、もうそろそろ時間やな」

先任はそう言うと、下士官たちを昇降口の前に整列させた。

列外に中佐とオレ。そして先任が指揮官に向かって敬礼し、

「特別救助隊、集合しました！」

と、申告する。

指揮官は全員を見渡してから一呼吸おき、そして断固として命じた。

「ただいまより、中田一水の救済を開始する。かかれ！」

救助隊は、第四砲塔の後部、艦尾に近い場所にある昇降口より内部に進入を開始した。昇降口は大きな鉄製の防水扉になっていて、停泊中は開いている。そこから艦内に通じているラッタルを下りていくのだ。オレも中佐の後に続いて昇降口から入る。開いている大きなハッチは、その取付け部が甲板から少し盛り上がっている。ちょうど開口部の周りを鉄板の敷居が囲んでいる感じだ。だからオレは、その高さ一五センチほどの敷居を、よっこらしょとまたいで、ラッタルを踏みしめた。

昇降口から艦内を見ると、真っ暗闇に近い。本能的に「こんな所に入って行くのは真っ平だ」と思うのだが、一人で最上甲板に残されるのはもっと困る。またあの甲板士官が出てく

るかもしれないし、第一もう少しでこの「陸奥」は爆沈するみたいだ。どんなに怖くても、この救助隊と一緒に行動する以外に道はないということである。

下りていく皆は、いつの間にか懐中電灯を所持していた。足元を照らしながら一歩一歩踏み出している。この懐中電灯、いつ用意したんだろう。急に現れたり消えたりと、霊界というのはまったく便利なところだ。

それにしても艦内は暗い。まったく不気味だ。電灯はついているようなのだが、なぜか暗闇に近い。光が電灯の周りから広がっていかないように見える。それにこの空気、すえたようなにおいが充満しているだけではなく、何か空間自体がゆがんでいるような気がしてならない。気を許すと、意識が吸い込まれそうになるようだ。

それを防ぐために、オレは、先任に頻繁に質問することにした。

「陸戦隊の服装の上に、何で合羽を着用するんですか?」

「ああ、この雨衣ね。これは光が漏れないようにするためなんよ。地獄じゃ天使は目立つんよ。なぜ目立つかというと、身体から光が発しているからやね。だから地獄霊救済なんかの、隠密裏に行動しなきゃいかん時には、この光が漏れないように、服装でカバーするんよ」

うーん、地獄霊を救済するのも楽じゃないんだ。まあ、あの甲板士官みたいに、邪魔するやつもいっぱいいるってことか。

しばらく歩いていたら慣れるかと思って我慢してみたが、下りていくにつれて、どうも厳しさが増してくるようだ。空気は気体というよりは液体に近いどろどろした感じになるし、暗さは不気味さをさらにたたえ始めた。それに、浸水して海水で満ちているような印象が、たまにだが一瞬、デジャビュ（既視感覚）のように沸いてくる。はっきりとはしていないが、とてもいやな映像だ。ハンモックや衣嚢、あるいは他の何かが、浸水した艦内に浮いている印象が浮かんでくるのである。その不気味さに思い出した。

（そうだ、この艦、爆発するんだっけ）

「これから爆沈するんですよね。まるでそれに合わせて進入するみたいですが、きちんと脱出できるんですか」

と、オレは先任に質問してみた。先任はニコと笑みを浮かべて返事をしてくれた。

「まあ大丈夫やから、安心していていいんよ」

その笑顔と口調からは、艦とともに自爆するような悲壮な雰囲気はまったく感じられない。分からないことだらけのことばかりだが、また一つ疑問が加わったようだ。

一体、何層下りたのだろう。それに連れて、身体の重さがグッと増してきたように感ずる。頭もボーっとなってしまい、精神活動がだんだんと落ちてきた。何も考えられない状態だ。先任に質問することも大儀になり、何も質問できない。それが、先任下士官の「下甲板だ」の声で、やっと我に返ることができた。

「よし、この兵員室だ。突入後にすぐ抜刀、結界を張れ！」

という先任の言葉に続いて、指揮官が命令を下す。

「突入する！　……ヨーイ！……、テー！」

先任下士官を先頭にして、われわれはなだれを打って兵員室に突入した。


ちょうどその頃、自室に戻っていた甲板士官は、怒りと悔しさを抑えかねていた。自分を正当化したい気持ちは、誰でも持っているマイナスの要素であり、そしてここ地獄の住民たちの得意技でもあるのだ。自分の反省はまったくできないのだが、他人には絶対的な懺悔を要求するのである。甲板士官も、自己の正当化のために、あの「陸戦隊」の連中と、そして何よりもあの英軍のスパイを断罪したくてならなかった。

しかし、こちらは一人しかいないから、多勢に無勢で勝負にはならない。残念だが、力ずくでは、あいつらをやっつけることはできない。以前なら、声をかければすぐに下士官・兵が集まったのだが、なぜか最近では人影も見なくなってしまった。あれ？　考えてみると変な話だ。皆、どこへ行ったというのだ。くそ！　あの英軍のスパイが現れてから、どうもオレは妙な気分になる。

力ずくでは無理ならば、応援を頼むしかなかろう。「困った時には連絡をしろ」と、上からも言われている。ここは連絡を取るべきだ。

甲板士官は、自室に備え付けられている電話の受話器を取り上げてから、本体についているボタンを押した。毒々しい赤色の照明がボタンを輝かせると、しばらくして相手が出たようだ。こんな直通電話など、私室に引かれているはずなどないのだが、全ての合理的思考は、ここ地獄の住民には不可能になっているのだ。

「はい、英軍のスパイを拘束したのですが……、ええもう少しで自白しそうだったのですけど……、いや、陸戦隊に横取りされまして……、違います！　断固として拒否したのです！　はい、何とかあいつらを……。ええ、よろしくお願いします」

受話器を置いた甲板士官は、額に冷や汗を浮かべている。

（いつ話しても恐ろしい方だ……）

そう思った彼の脳裏に、ふと疑問が浮かんだ。待てよ、「あの方」って一体誰だったっけ。怒りと悔しさに支配されている彼には、考えることすらできない。まあいいか。とにかく、あいつらだけは絶対に許せん！　これだけは間違いない！

そう思う甲板士官の身体からは、燃える炎がメラメラと立ち上っているように見えるのだった。

兵員室に突入した救助隊、抜刀した四名の下士官は、それぞれ部屋の四隅に配置につき、四天王よろしく屹立する。

彼らが抜刀した剣は「光の剣」だった。まばゆく周囲を照らし、力強い結界を張っているようだ。これならば、いかなる闇も進入できないだろう、その証拠に、先ほどまでの精神活動の低下や、空間の歪み感はまったく感じられない。

兵員室の真ん中には、艦内服を着た水兵が一人座っている。その目にはまったく光がなく、生きているようには見えない。まるでマネキンか何かの人形のようである。

「ここは爆発した第三砲塔の火薬庫に近いから、かなりの衝撃だったんや。その衝撃と浸水・沈没の恐怖がエネルギーの渦のように、この中田一水の精神を閉じ込めているんや」

先任は、独り言を言うように、オレに説明してくれた。

「じゃあ、自分の恐怖によって自縄自縛だというんですか？」

と質問するオレに、先任は答えてくれた。

「自分の恐怖が大本やね。それにこの『陸奥』自体の持っている悪想念というか、闇のエネルギーが追加しているわけや。井田さんには見えんかのう。この一等水兵の周りに、黒いモヤモヤが見えてくるはずや」

オレは（見えないモノが見えてくる）と自己暗示をかけながら、意識を集中してこの水兵を見てみることにした。

すると、黒いスモッグのようなモノが、水兵の周りに立ち込めているのが見えてきた。力なく座り込んでいるこの水兵は、確かにこの「黒い」のに取り込まれているように見える。これが消えなければ、この水兵は救えないということだろうか。

指揮官と副長の中佐は、一生懸命に水兵に語りかけている。肩をゆすったりしながら、必死のアプローチだ。

「おい！　中田一水！　目を覚まさんか！」

周囲の結界を張っている四人の兵曹たちは、「半眼」というのだろうか、かすかに目を開いた状態で、身じろぎもせずに立っている。結界が護られているのは、どうやら剣の力だけではなさそうだ。まるで不動明王像のような彼らが、本当に「不動明王」の力を発揮しているからなのだろう。

「まったく反応ありませんね。これまでと同じです」

語りかけた指揮官の斉藤中尉に、副長の中佐が答える。

「供養を待ちましょう」

先任下士官は腕時計を見て言った。

「あと五分で火薬庫爆発します！」

「全員、精神を統一！　心を乱すな！」

指揮官が命じた。

何だって？　爆発するの？　何で精神統一なの？　逃げなくて大丈夫なの？

「先任下士官！　逃げないんですか？」

と、オレはあせって先任下士官に問いかけた。

まさかこんな場所で「陸奥爆沈」に付き合うなんて、とんでもねえ、真っ平ごめんだ。言ってるそばから、オレはさぞかしそわそわして見えることだろう。

先任は、いかにも「アホクサ！」という表情を露骨に浮かべながら、「逃げる必要なんかありませんよー」と言うではないか。「だって爆発するんでしょう？」と、食い下がると、先任は説明してくれた。

「実際に爆発するのは四〇年前の地上でだけなんよ。ここでこれから起こるのは、過去の影のようなものやから、事実じゃないんよ。ただし、この地獄の『陸奥』で捕われている人間にとっては、『現在』の『事実』だと思えるんや。われわれが精神を統一しなければならないのは、その想念のエネルギーに押し流されないようにするためなんよ」

なるほど、「心頭を滅却すれば火もまた涼し」ってやつか。

「でも先任下士官、オレは精神統一なんかしたことがないですよ。どうしましょ」

「じゃあ仕方がないから、知っているお経、何でもいいから唱えてください」

「えー？　お経？　知っているのは『寿限無』くらいだなあ」

「仕方のない人だねえ、じゃあ合掌して深呼吸でもいいんよ。しっかりやらんと、爆発のエネルギーを浴びちゃいますよ！」

オレは、合掌して深呼吸するようなつもりになった。「心を波立たせないように」と、思うだけでも思ってみた。他の人はどうかと、こっそり見てみると、皆、合掌して瞑目している。

やがて、先任が叫んだ。

「まもなく爆発します！」

とたんに、耳を聾するような爆発音とともに、通路が真っ赤な炎に包まれた。同時に、耐え難い衝撃が床から突き上げてくる。確か、生存者でも足を骨折した人が多かったはずだ。

しかし、その衝撃も爆炎も、やはりどこか映像を見ているような感じである。それはちょうど、この兵員室が3Dの映写室になっているような雰囲気だ、といえば通じるだろうか。本当に爆発を追体験しているのならば、これだけ爆発箇所に近ければ、誰一人生き残れないはずなのに、被害がまったくないというのは、これはたぶん結界を張っているからかもしれないと思えた。

衝撃と爆炎が収まり始めると、次には浸水が始まった。実際には一瞬のうちに満水になったのだろうが、これもまた結界のおかげだろう。じわじわと水位が上がってくるだけですんでいる。でも、これ満水になったら大変でしょ？　一体、これからどうすんの？

すると、先任下士官が瞑目を解いて、

「供養の光、まもなく到着予定時刻です！」

いかに過去の幻影だとはいえ、爆発の影響は甲板士官を直撃していた。これまでの四〇年間で、過去数え切れないほどの爆発が、甲板士官を直撃してきた。今回もそうなのだが、あの四〇年前に、肉体生命を吹き飛ばした時と同じ衝撃を再び味わったのだ。しかし、これまでのものとは少しだけ様相が違っている。爆発の衝撃を身に受けながら、ひとつの思いがわいてきたからだ。

「くそ！　あの英軍のスパイの破壊工作で、こんな爆発が起きたのだ！」

絶対に許さないぞ、薄れ行く意識の中で、妄念とも言える決意を、甲板士官はしたのだった。これまで単に爆発の衝撃を受けていただけの甲板士官にとっては、非常なる変化であることは間違いない。この変化が「鬼」になる道へと続くのか、はたまた救済・自覚への道に続くのか、今の段階ではまだ予断を許さないようだ。ただ、変化は確実に始まっている。「あの闖入者《ちんにゆうしや》」の登場によって。

兵員室では、供養の光を待ちわびていた。救助隊の「自力」だけでは、どうしても救済できない中田一水を、「他力」の光で救済できるかもしれないからだ。

その時だった、天井の方が少しばかりまぶしくなってきたと思いきや、その光は急速に強くなってくる。やがて天井を貫いて、大きな光の輪が下りてきたのだ。直径は一メーターばかりで、太さは二〇センチほどもあろうか。直視できないほどの明るさの、光のドーナツだった。

「供養の光だ！」
と言った後に、先任下士官はこう続けた。
「久しぶりに本物の供養やな」
オレは驚いた。まさか「供養」に具体的な効果があるとは！　それに加えて「本物」だって？

不思議なことなのだが、霊的な直感とでもいうのだろうか、その光は単なる「明かり」ではないこと、そして、光にある種の「意思」がこめられていることがはっきりと分かったのだ。その「意思」とは、「救済」の思いであり、また「供養」の思いである。もちろん何の根拠もなく、また証明する材料もないのだが、そのメッセージ性が、直感的にはっきりと分かるのは、とても不思議だった。

その光は、ゆっくりと中田一水の頭上に下りてくる。そして彼の周囲を覆うモクモクのスモッグを突き抜けて、彼全体を光で包み込んだのだ。

その光に包まれた状態は、たっぷり五秒も続いただろうか。やがて光芒が薄れていくと、中田一水の周囲のスモッグは、目に見えて少なくなっていた。完全には消え去ってはいないが、残りは五分の一ほどであろうか。

そして、中田一水の表情にも変化が現れたのだ。それまでは完全に人形のようだったのが、多少なりとも目に光が宿ってきた。もう無生物には見えないし、精神が宿っているのがはっきりと見て取れる。これで救えるかもしれない！

「オイ！　中田一水！　しっかりしろ！」

と、指揮官が呼びかける。

中田一水は座ったままで、声をかけた指揮官のほうに目を向けるのだが、それ以上のことはしようとしない。続けて副長の中佐が呼びかけた。

「中田一水、退艦せよ！　オマエまだ分からんか！」

呼びかけられて、中佐の方にも顔を向けるのだが、どうしてもそれ以上の行動には出ないようだ。半世紀近くそうしているんだから仕方がないのかも知れない。

「中田一水！　しっかりせんか！」

先任下士官も加わって、何とか救い出そうとするのだが、一向に変化が見えない。彼を包んでいるスモッグも、一時はなくなったと思ったのに、また増え始めているようだ。今回もまた無理だったか、そんなあきらめのモードが漂ってきたのが分かる。

しかし、オレはその光景に、ある意味で感動していた。戦後四〇年間、こんな結果も出ない、報われることもない仕事に、誰に知られることなくモクモクとあたっている人達がいたのだと。

そして考えてみると、この中田一水もかわいそうだ。職業軍人ならばいざ知らず、徴兵か志願の違いはあれ、一等水兵じゃボランティアだ。それが自分の過失でも何でもなく、肉体の生命を失っただけではすまずに、死して後もこんなふうに苦しみの中にあるのだから。

(四〇年もかあ……)

「敬意」と「悲しみ」とが心の中に満たされた時に、オレの心の中にポッと「メッセージ」というか「思い」のようなものが湧いてきた。それは、

(腰の短剣を抜くべし!)

という強烈なメッセージだった。

(あれ? これってあの萩原先生が言ってたアレか?)

「心の中にメッセージが湧いたら、素直にそれに従え」なんて言われても、何だかまったく分からなかったが、その萩原先生の教えが、やっと意味を持って現れた感じだ。疑問を抱くオレがいる一方で、別の部分のオレは、無意識に腰の短剣に手を伸ばしていた。まるで誰か他人によって身体が支配されているように、自然に短剣を抜く動作に入っていたのだ。

柄を右手で握り、さやを左手で押さえ、カチリとはまっていた短剣を抜き始めると、その刀身はまばゆい光を発した。そして抜き終わって掲げたモノはすでに短剣ではなく、「降魔の剣」となっていたのだ。四人の兵曹たちの剣と、その形は同じだが、柄拵《こしら》えが黄金造りになっているのが異なるようだ。

その剣を抜き放つと同時に、ゴーッという突風が、急にオレを包み込んだのだ。もちろん軍艦の艦内で突風が吹くはずはない。しかしオレが着ている服装が、その「突風」によって

吹き飛ばされるような妙な感じに続いて、その下から「本当の自分」が現れてくるような、不思議な感じがしたのである。

そのオレは中田一水を包む黒いモヤモヤに向けて、裂帛《れっぱく》の気合を込めて、大上段から切り込んでいた。なぜ切り込んだのかは分からない。ただ「救いたい」という思いがふつふつとわいてきて、後は、まるで他人にコントロールされているみたいに、勝手に身体が動いたのだ。さやから剣を抜き放って切り込むまでの、まったく無駄のない動き。これは我ながら驚きだった。しかし、どこか身体の奥のほうに記憶があるように思えてならない。

（オレはかつて、こんなことをいっぱいしてきた）

と、いう確信である。

そうして、自信たっぷりに「エイ！」と振り下ろす剣からは、爆発でも起こったような光芒が発したのだ。そしてその光芒は、持っている剣自体から生ずるのではないようだ。どうやら、剣を通じて違った世界から供給されているようだった。

（この光の一撃に耐えられる闇は存在しない）

そうした根拠なしの確信—霊的直感—の通りに、中田一水の周囲のモヤモヤは断ち切られて消し飛んでしまい。もう見ることはできない。

その光景を見ていた先任下士官が感に堪えない面持ちで、こうつぶやいた。

「『真っ向からたけ割りの少尉』健在！　地上に生まれ変わってもまったく変わらないお人

や」

オレ(?)の一撃による光芒が収まってみると、「剣」はいつの間にか短剣にと戻り、オレの服装は元のまま、黒い雨衣を着用している。一体あれは何だったんだろうか。

ただ不思議に、懐かしいことは懐かしかった。あんなような仕事を、過去どこかでしていたんだろうか。しかし、あの心の中の声は何だったのだろうか。口調や雰囲気は、いかにも武士のように思えたが……。

中央の中田一水は、かなり意識を取り戻した様子だ。自分の周りを囲む異様な人々を見て驚いている。先任下士官が中田一水を立たせて、

「オイ、オマエ! しっかりしろ!」

と、先任下士官は、平手打ちで気合を入れた。完全に我に返った中田一水は、しゃきっと「気をつけ」の姿勢をとる。

「本艦には退艦命令が出ている。この人たちはオマエを助けに来てくれた救助隊だ。この方たちの指示に従って、退艦するように」

と副長が、中田一水に命令した。

「救助隊指揮官の斉藤中尉だ。本艦はすでに海中に没しかけているが、潜水用の機材を装着すれば無事に脱出することが可能だ。これからオマエにもその機材を装着して、すぐに脱出を開始する」

そう言った指揮官が、先任下士官に目配せをした。

「増沢兵曹！　潜水機材を支給しろ！」

指揮官はオレに向き直った。心もち目を真ん丸くしているように思える。

「ありがとうございました。おかげで救出に成功しました」

指揮官は、もう一回り大きく目を開くと、やや前こごみになって、少し声を低くしてこう言った。

「一体、何をしたんですか？」

こっちがそう聞きたいよ。

「分かりません。勝手に身体が動きました」

指揮官は腕組みをして、ウーンとうなりながら考え込んでいる。中田一水に気合を入れながら面倒を見ている先任下士官は、そのやり取りを聞いてニヤリと笑ったように思えた。

相変わらずニコニコと笑みを浮かべている増沢兵曹は、「ドラえもんのポケット」のような背嚢から、人数分の潜水機材を次々と取り出した。この背嚢、便利だなあ。オレもひとつ欲しい。

「いやー、お見事でした」

そう言いながら、増沢兵曹が渡してくれた潜水機材は、全面装着の水中マスクで、額から口まですっぽりと覆うタイプだ。その下側には少し機械的な部分があり、空気をそこから供給できるような感じに見える。しかしどう考えても、大きなタンクがなければ、水面までたどり着けるはずがない。浸水が増えるにつれて徐々に水面が上がってきているが、こんな装備で大丈夫なんだろうか。

「先任下士官、これで空気、大丈夫なんですか？」

「ああ、これね。形だけ装着していれば安心するやろ？」

「だって、息がつまりますよ、これだけじゃ」

それを聞いた先任下士官は笑いながら言った。

「ここは霊界やから、空気は要らないんよ。夢の中と同じで、水の中でも大丈夫や。あの浦島太郎のように、霊界では水の中でも平気だから」

なるほど、確かに浦島太郎は溺れていない。あれは霊界の見聞（あるいは夢の中）の伝承だったのかもしれない。結局、マスクを用意するのは、要救助者の「気分」の問題なのか。マスクをかけてみると、オーダーメイドしたように顔にぴたりとフィットする。息苦しさなどまったくない。何でも便利にできている世界なんだなあ、この霊界というところは。

部屋の隅で結界を張っていた四人の兵曹も、それぞれにマスクをかぶった。剣は保持したままで、浸水の激しくなった兵員室を護っている。先任下士官は、中田一水のケアにあたりながらも、周囲の状況を見据えていたが、やがて全員の準備が完了したことを確認してから、指揮官に対して報告した。

「指揮官！　脱出準備よし！」

「ではこれより脱出する。井田さんのシルバーコードを確認しながらルート取りを行う。先行は山中兵曹、海中での浮遊物に警戒せよ。本艦は爆発により千切れた状態なので、進入した昇降口からではなく、爆発でできた破口より脱出する。では、ただいまより脱出する！」

　水面はすでに腰のあたりを越えて、歩くのにも大儀だ。部屋を出て通路に入ると、もうすぐに満水状態になった。ほとんど暗闇に近い中で、四人の兵曹の掲げる「降魔の剣」が、まばゆく周囲を照らす。

　完全に水中に没した艦内は、進入した際に見たデジャビュそのものだった。浮遊している多くの備品、実際の爆発直後には漂っていたであろう、殉職者の遺体が見えないだけでも、本当に助かる。ただでさえ不気味でならないのに、遺体なんかあったら、もうパニックになることは間違いない。海上保安庁の潜水員なんて、大変だろうなあ。オレはもうこれだけでも十分過ぎるよ。

　そういえば、指揮官が「目印に使う」といっていたオレの「シルバーコード」、確かにズーッと続いている。こんな細い紐、どうして切れないんだろう。不思議なことがいっぱいあって、何が何だか分からない世界だ。この霊界というところは。

　初夏とはいえ、所詮は地獄界の海水、温度はかなり低い。胴ぶるいするほどの寒さだが、何とかしのげるのは「降魔の剣」の結界のおかげかもしれない。また水中ではかなり邪魔になると思われた雨衣も、体温保持に役立っているかもしれない。いっぱい着込んでいるのにスムーズに移動できたのは、先任下士官が引っ張ってくれたからだ。オレ一人では、こんなに上手に水中を移動することは不可能だった。

進入した時は、露天甲板から何層も下りたはずだ。だから、同じルートを脱出するならば、かなり登らなければならない。しかし、艦はめちゃくちゃに爆発しているはずだから、爆発した開口部から出るには、平行に移動するだけですむということになる。しばらく水平に移動していると、やがてメチャクチャに破壊されている区画に入ってきた。爆発した破口から洩れ入る光なのだろう。真っ暗闇だった通路はだんだんと明るくなってきた。シルバーコードは脱出のための最短ルートを示唆してくれているようだ。

やがて、艦体がギザギザに千切れた部分に到着。そこから上の方へと上っていく。と言っても、上下左右の感覚はないので、ただ引っ張られて泳いでいるだけだ。確か艦が沈没して海に投げ出された人の手記でも、どちらが海面だか分からずに、明るい方向へ泳いだという記述があったはずなのを思い出した。確かに今、明るい方へと移動しているのは間違いない。

だが、よく考えてみると、史実では「陸奥」の沈没した現場の深度は四〇メーターあったはずだ。これはスキューバダイビングでは限界深度に近い、深深度潜水なはずだ。以前少し体験したダイビングでも経験したが、たかだか五メートル潜るだけで、身体にはかなりの負荷がかかる、これが四〇メーターだったら大変なことで、「窒素酔い」くらいではなかなかすまず、潜水病で生命を落とすこともあるくらいの危険な潜水になるはずだ。それが、現在の脱出のための潜水では、気楽に楽しく移動しているだけで、まるでドラえもんのグッズで、のびた君が海中探検をしているような、ほのぼのとした雰囲気なのだ。

（やはり、霊界での経験なんだなあ）

と、そう得心した。

やがて、海面とおぼしきキラキラが近づいてきたと思うと、オレは勢いよく海面に飛び出していた。水中マスクはもう要らないな、そう思っただけで、不思議にマスクは消えている。要らなくなると消えるのか、これは便利だ。霊界には廃棄物の問題は生じまい。

海面はべたなぎで、霧がかなり立ち込めている。視界はほとんど利かない。これからどうやって脱出するのか、先任下士官に聞いてみようと思ったその時、エンジン音が聞こえてきた。あの甲板士官にヤラレかけた時に聞こえた、内火艇のエンジン音だ。

やがて、霧のベールを切り裂くようにして、一二メートル内火艇が姿を現した。味方か敵か、少し不安だったのだが、他の人達がホッとした感じで内火艇を見ているので、オレも安心した。そういえば内火艇からは、かすかにオーラが出ているようだ。これも天国の艇なんだろうか。

われわれのすぐそばまで来て、行き足を止めた内火艇から、ロープが投げられた。投げているのは、特別救助隊と同じようないでたちの海軍少尉だ。最初に斉藤中尉がロープを手繰って艇に近づき、少尉の助けを借りて艇上に登った。それからは次々とロープを投げ、先に登った人が手助けをして、順序よく全員が内火艇に収容されたのだった。

収容されたキャビンは、これまでオレが写真などで見ていた旧日本海軍の内火艇とはまったく違う造りのようだった。まず、オープンであるはずのキャビンはガラス（?）張りで、しかも空調が効いているような快適さだ。地獄界の寒い海中から上がってきた者としては、この快適さはまったくありがたい。

濡れた雨衣を脱いで、傍らに置いたのだが、次の瞬間見ていると、もうそこから消えている。え！　と思って、他の人たちの脱ぐのを見てみた。たたんで傍らに置くや、スーッと消えていくではないか。また、人数分用意されていたバスタオルで、ぬれた身体を拭ったのだが、これがまた不思議だった。このバスタオルで拭くと、何ともいい匂いが立ち上ってきて、拭くや否や、着ているものも全てそっくり乾いてしまうのだ。一応は毛布も用意されていたが、暖を取る必要もないほどだった。

「全員収容完了ですか?」

と、艇長が指揮官に確認してから、

「要救助者を含めても、一人多いですね」

と言って、収容者を見渡してまたこう言った。

「おや?　地上の人がいらっしゃいますね」

シルバーコードを見れば、一目瞭然というやつか。

「井田と申します。ひょんなことでお世話になります。」

と、オレはペコリと挨拶しておいた。

「それでは、『隼鷹』に帰還します」

艇長はそう言うと、内火艇を発進させた。

「何だか、ずいぶんと近代的ですね」

と、オレは先任下士官に聞いてみた。あまりにも現代的過ぎて、時代考証がなっていないじゃないか。

「霊界も日進月歩なんよ。地上の進歩にリンクしているから、機材も進歩して当然や」

先任下士官は、そう答えてくれた。だが、「陸奥」なんか昭和一八年のままだったし、人間だって旧海軍の古いままじゃないか。そう思ったので、また聞いてみた。

「『陸奥』では進歩しているようには見えませんでしたが」

「ああ、地獄では大抵、時間が止まっていることが多いんよ。死んだ時のままで変化がない、ちゅうことやね」

なるほど、だから同じことをズーッと何十年もしているのか。

「われわれがこんな古い格好をしたり、古い機材を使っているのは、要救助者に不安感を抱かせないようにするのが、その理由のひとつやね。けども、もう進歩して便利なものがあるんなら、使わん手はないよね。この内火艇のように」

だから、外見は普通の内火艇でも、中身は全く近代的になっているのか。

「この内火艇はすごいよ。まず、『電探』を搭載してる。あ、レーダーのことやね。それに『逆探』ならぬ『魔探』もついとるんや」

「逆探」とは、敵の発信するレーダーの電波を、逆に探知する電波兵器の一種だ。レーダー技術で連合国に立ち遅れた日本海軍が、大戦後半にようやく実用化した有効な電波兵器。最初に威力を発揮したのは、たしか「コロンバンガラ沖夜戦」で、「逆探」装備の軽巡洋艦「神通」は勇戦敢闘し、勝利のための尊い犠牲となって、全艦火達磨となって沈没したはずだ。

「井田さん、艇長が操縦席の見学を勧めています。ごらんになりますか?」

指揮官が、そうオレに伝えてくれた。外の景色は霧ばかりだから見るものなどない。渡りに船と(艇か?)、見学させてもらうことにした。

小型の船舶には縁遠いオレだからよくわからないが、この内火艇の操縦席は、以前に行ったことがある「船の科学館」の、高速艇のシミュレーターによく似ている。完全に近代的な造りに改造されているわけだ。もちろん、レーダーは普通の丸く走査するタイプだ。旧日本軍が使用していたドイツ開発のA型スコープのタイプではない。

「この『電探』(レーダー)には、『魔探』の機能がついています」

そう言う艇長の説明は、オレには意味不明だ。

「『魔探』って何ですか？」

「任務上、本艇は地獄界を行動します。ですから、魔の手先の接近は脅威なんです。それで、魔の存在を警告する機能が、『電探』に付与されているということなんです。同時に光の存在も探知することが可能です。先ほど、霧の中で迷わずにあなた方を収容できたのは、この『魔探』の探知能力のおかげなのです」

覗き込んでいたレーダースコープには、輝点がひとつだけ映っている。

「この輝点―プリップっていいましたっけ―何が映っているんですか？」

というオレの質問に、艇長は答えた。

「この地獄界から脱出するスポットです。『次元の門』と呼んでいます。近づいてみると分かりますよ」

へー、この内火艇に乗ったままで地獄界を脱出できるんだ。その他には何か映っていないかと思って、もう一度スコープを覗き込んでみたが、別段、何の変化もない。「陸奥」は沈んじゃってレーダーには映らないし、この海域（地獄の？）には、他の艦船は存在しないってことだ。そう思っていたら、スコープ上に輝きが生じた。

「艇長！　プリップです。右三〇度！　あれ？　プリップが赤くなったぞ……」

オレの報告を聞いた艇長は、サッと緊張の表情を浮かべて叫んだ。

「魔が出現しました！　本艇の進路を妨害する行動をとっているようです！」

指揮官以下どやどやと、操縦席に集まってきた救難隊。

「艇長、このプリップ、赤い色していると『魔』なんですよね」

と、先任下士官が確認した。

「何らかのフネのかたちで、魔が本艇の妨害を企図しています。これまでになかった事態です」

と、艇長は、あくまで冷静に発言している。

「やっぱり、井田さんのシルバーコードが目立つのかなあ」

ニヤニヤしながら、冗談半分で発言する先任下士官は、余裕たっぷりだ。何だよ、オレのせいかよ！

「いや、この霧の中でシルバーコードが視認できるはずがない。甲板士官が魔に連絡を取ったのだろう」

そう、悲しそうな表情で言ったのは、副長の中佐だった。

指揮官が断固として命令した。

「手空きの総員、見張りの配置につけ！」

先任下士官が、増沢兵曹に指示した。

「メガネを出してくれ。人数分な」

増沢兵曹はハイと答えて、「ドラえもんの背嚢」からまたまた大量の双眼鏡を取り出した。本当に便利だ。

「魔探」の探知した方角を見ても、濃い霧がミルクを流したように立ち込めているだけで、艦船らしき姿は何も見えない。

「しかしこの霧の中で、どうして本艇を追尾できるのだろうか。電探を装備しているのか……」

双眼鏡を眼から離した副長が、独り言のようにつぶやく。

その時だった。前方の見張りに立っていた兵曹が叫んだ。

「右三〇度にフネ！　炎上しています！」

驚いて、右前方を見てみると、霧を通して燃え上がる炎が目に入ってきた。

「こりゃ、ひどいな……」

向こうからはまだこちらが視認できないだろうが、アッチは燃え上がる炎でよく分かる。

長船首楼型、箱型の艦橋、四本煙突。間違いない、「川内」型の軽巡洋艦だ。しかも、全艦が火達磨といえば、先ほど思っていたばかりの、「コロンバンガラ沖夜戦」で沈んだ「神通」以外にはない。

「マストのトップに戦闘旗が上がっている……」

戦闘旗とは、通常は艦尾の旗ざおに掲揚してある軍艦旗を、戦闘の際にマストのトップに高々と掲げることを言うはずだ。艦体は霧でおぼろなのだが、上空は少し霧が薄いようで、比較的はっきり見えるマストのトップには、確かに軍艦旗が翻っている。

「見てみいや。あれは怒りと悲しみの炎の旗やで」

悲しそうに言う先任下士官の言葉に、戦闘旗を見直してみると、旭日の赤い筋は、全て燃え上がる炎でできていた。

「四〇年間、戦闘しっぱなしか……」

双眼鏡でのぞきながら、指揮官がそうつぶやいた。

「でも、あんなのに追いつかれたら大変ですよ」

「そうだな、同情しているヒマはなさそうだな」

先任の言葉に、指揮官も相づちを打ち、そして艇長に質問した。

「艇長、この内火艇、何ノット出る?」

「発動機は改造してませんから、一〇ノットがせいぜいです」

「中佐、『神通』は何ノット出ますか?」

指揮官は中佐の方に向き直って確認した。

「三三ノットは出るだろう。逃げ切れんよ」

中佐は続けて、こんな疑問を呈した。

「しかし、これほど見事に捕捉されたのだから、電探で哨戒しているんだろうか」

オレの記憶を総動員すると、「神通」には電探は未装備で、「コロンバンガラ沖夜戦」では逆探だけで奮戦したはずだ。

「電探は未装備で逆探だけだと思います」

そう言うオレに、どうやら皆、驚いたようだ。現代の地上人がそんなことを知っているのは普通ではない。

「井田君、よく知っているね」

と、中佐も感心したようにオレを見ている。

「逆探だけならば、回避策があります」

艇長は、相変わらず落ち着き払って言い出した。

「『神通』が逆探で、コチラの電探波を逆探知しているならば、コチラが電探の発信を止めればいいだけです」

「なるほど、それならば霧の中に逃げ込めますね」

そう、指揮官がうなずいた。

「次元の門」にたどり着くためには、推測航法が必要だから、偵察員出身の尾板兵曹にさせよう、などと話が盛り上がった。しかしそのプランも、艇長の冷静な一言で話がすんでしまった。

「ナビゲーションシステムがありますから、偵察員の推測航法は必要ありません」

うーん、技術の進歩って、ロマンをなくすんだね。

「電探を切ってすぐに転舵。『神通』の艦尾を視界外ぎりぎりでかわし、『次元の門』に逃げ込みます」

という艇長の言葉に、中佐と指揮官が、「よし、それでいこう!」とうなずいた。

その時、見張りの菅原兵曹（ベテラン信号員だったそうだ）が、声を張り上げて報告した。

「炎上する艦より発光信号です!」

「読みます!　タレカ!」

指揮官が答える。

「返信せよ!　ワレ　ジュンヤウ　ナイカテイ」

増沢兵曹は、ドラえもんの背嚢から信号灯を取り出して、菅原兵曹に手渡した。カチャカチャと信号灯を操作して返信する菅原兵曹。一呼吸おいて、「神通」から再度の発光信号。

「返信が来ました!　読みます!」

「ワレ　ジンツウ　テイセンセヨ!」

「止まらなきゃ撃たれますね、これは」

先任下士官が、そうつぶやいてすぐに、中佐が叫んだ。

「艇長、今だ!」

「ヨーイ!……テー!」

艇長はそう自分に号令をかけながら、電探を切ると同時に、右に思いっきり転舵した。燃える「神通」の艦尾を左にかわして、視界外へと遁走する。もともと「神通」側では、こちらを視界内には捉えていないはずだ。

「燃える炎の裏側に、黒いモヤモヤが見えます？」

と、先任下士官が、オレに教えてくれた。

眼をこらすと、確かに霧の白い色以外に、黒い雲のような霧のようなモノが見えてきた。

「アレが、魔の勢力なんよ。アレがなくならん限りは、『神通』を救済しようがないんよ」

悲しみと苦しみに満ちただけではなく、この四〇年は、魔に魅入られた悲劇の時だったのか。機会があれば、何とかしたいものだ。「地獄の業火」に焼かれるなんて、他人のことでも耐え難い。本艇をロストしたのであろう。「神通」はコチラの動きを追尾する様子は見られない。だんだんと距離が離れて、霧の中にその姿は没していく。虎口は脱したのだが、複雑な心境だ。彼らに救いの手は来るのだろうか。

「前方に『次元の門』！」

見張りの菅原兵曹が声を発した。見ると、前方の一角は霧が薄くなっている。その視界の開けた空間の上空には、低く重苦しい雲海が広がっているのだが、ほんの少しの部分だけ、雲の切れ間がのぞき、そこから圧倒的な光が差し込んでいるのだ。なぜか「救い」と「やすらぎ」を感じさせる、その強烈な光に照らされて、海面はキラキラと輝いている。その光の柱を見ていると、周りに天使たちが踊っていてもおかしくないように思えてくるのだ。

内火艇は、どんどんとその光の柱に近づいていく。救助隊の面々には、別段の感動はないようだが、オレや中田一水にとっては、あまりに神秘的な光景であり、それだけで神仏の存在を信じてしまいそうなほどだった。

「全員着席の上、何かにつかまってください！」

と、艇長が叫んだ。

やがて内火艇が、その光の柱の内部に進入していくと、視界は強烈な光の洪水となり、目の前が白一色となった。そして、意識は薄れていったのだ。とてつもない安心感とともに
……。

第四章——決戦前夜

零式艦上戦闘機

一九八一年六月八日午後　三次元地上世界　自宅

（ああ、変な夢を見ていたんだな）

眠りから覚めた時、いや意識が戻りかけた時、といった方がいいだろうか。オレは、まだ寝ぼけてボーっとした頭で、そう考えた。

そうだ、確かにオーバーナイトハイキングが終わって、徹夜明けでベッドに倒れ込んだはずだから、まあ普通じゃない夢を見たとしても当然かもしれない。駆けつけ三杯の「ダルマ」の影響も無視できないし。

（しかしちょっと待てよ。あれだけリアルな体験が、単なる夢であるはずがない）

半覚醒のオレのニブイ頭にも、拭いがたい思いが生じた。あのメダルが手元にきて以来の一連の事件、本家での金縛りに、黒い人影などなどを考えれば、今回の「夢」は現実以外の何ものでもない。そう理性的に考えてみると、今度は次なる恐怖が浮かんできた。それは、

（もしも、夢が覚めたんじゃなくて、まだあの内火艇の中にいたら、どうしよう……）

という、夢が終わっていないかもしれないという、恐怖だ。ゾーッとしたオレは完全に覚

醒した。それが怖くって、眼はまだ開いていなかったのだが、勇気を鼓して、そーっと眼を開けてみた。視界に飛び込んできた景色は、いつも見慣れた自分の部屋である。オレは心底ホッとした。しかしこれで喜んでばかりいられないのが悲しいところだ。

この「陸奥」のメダル事件が、完全な解決を見たわけではないからだ。萩原先生に指示されたレポートを仕上げるという難題は、手付かずで残っているし、それはとりもなおさず、戦艦「陸奥」の地獄を救済するという、メチャクチャな課題をクリアすることを意味している。

(さてと、どうするかなあ……)

ベッドの中で横たわったままで、オレは起き上がらずにしばらく、ああだこうだと考えていた。その時、またあの「心の中の声」が響いてきた。(萩原先生に相談せよ)とだ。

「オマエは一体誰だ!」

オレは叫んだが、答えはない。ただこの武士(?)のメッセージが心に現れる時に、ポッと心が温まるのは理解できた。あの「地獄」に行って分かったのだが、「地獄」に属するようなモノは、全て冷たくて気持ちが悪い。このメッセージはそうした地獄的なものとは関係がないようだ。

「そうだな。やはり、萩原先生に報告して相談しよう」

オレは、そう独り言を言って、ベッドから起き上がった。誰とも分からないヤツのアドバイスの下で動くのは、どうも気に入らないが、でも萩原先生にも「従え」といわれているんだから仕方がない。カーテンを開けて窓の外を眺めると、もう街は夕方のたたずまいだった。梅雨入り前の強い陽の光は、夕暮れまえの柔らかさを帯びている。六時間くらいは寝たのだろうか。魂が抜け出して（？）戦艦「陸奥」で冒険している間、肉体はしっかりと休養していたということか。

さっきまで着ていた（？）ボーイスカウトの制服は、寝る前に脱いだままになっていた。それを手早くハンガーにかけ、洋服ダンスに吊るした。そして黒いTシャツと白い短パンという、葬式のようなコンビネーションの私服に手早く着替えた。

「国際電話か……、早いトコ電話しちゃうか」

萩原先生に電話するなら、ソウルへの国際電話になる。自慢じゃないが、外国に行ったこともなければ、国際電話なんて経験も絶無だ。「相談することになるかも」と思って、オペレーターを通じなくても、直通ダイヤルでやる方法を調べておいてよかった。

オレは机の引き出しから、萩原先生の連絡先と、韓国へのダイヤル直通の方法のメモを取り出して、電話をするために茶の間に行った。今はまだ六時前だが、日曜日だから電話をしても大丈夫だろう。

いざ電話をする段となって、オレは会話の手順を頭の中でくりかえした。もしも韓国の人が電話に出た場合に、萩原先生に電話口に出てもらえるようにと、テレビのハングル語講座で少しだけ覚えた韓国語を駆使して、シミュレーションをしていたのである。

意を決してダイヤルする。国内通話よりも、呼び出すのに少しだけ時間がかかる。やがて、日本のと違う呼び出し音が聞こえてきた。フーン、国によって呼び出し音って違うんだ。呼び出し音で五回くらいだっただろうか。先方が電話口に出た。

「ヨボセヨ?」

そう言う声は女性だが、明らかに萩原先生ではない。さあここがオレのタモリ的な韓国語の出番だ! オレも「ヨボセヨ」と答えた後、「萩原先生はいらっしゃいますか」という意味の韓国語をぶつけてみた。

「ハギワラ　ソンセンニム　ケシムニッカ?」

すると、先方の女性がなにやら韓国語で返事をするではないか。どうやら通じたみたいだ。でも、言ってることはぜんぜん分からない。多分、「どちらさまですか?」って言っているような雰囲気だ。よしよし、そこでオレは、シミュレーション通りに韓国語（のようなもの）で、「日本の井田です」と言う。

「イルボンエソ　イダ　ハムニダ」

するとまたまた通じているような雰囲気。先方の女性が何やらゴシャゴシャと韓国語で返答して、電話口を離れた感じだ。おお、これは「少々お待ち下さい」だろう!

少し間をおいてから、電話口から日本語が聞こえた。

「はい、萩原です」

大成功だ。オレは超能力者かも知れない！

「先日、都立大の集中講義で質問させていただいた、学生の井田です」

「ああ、あの戦艦のメダルの学生さんね。どうかしたの？」

実はこれこれこうしましてと、オレはさっき遭遇した夢（？）の中での体験を、先生に逐一報告した。

「ということなんですが……」

と、思いっきり「すがる」姿勢のオレに対して、萩原先生は、こう答えた。

「あなた、面白い体験をしたわねー。それはもう呼ばれたのよ。『招命』といってもいいかも知れないわね」

先生は続けて、たんたんと説明した。

「最低限、その身内の士官は救い出す義務があるでしょうね。できれば、もう少し大きな仕事を、その戦艦でする必要がありそうです。メダルも心霊現象も、そしてこの体験も、全ては必然でしょう」

「じゃあ、私は今後どうなるんでしょうか」

すがるような、オレの質問に対して、先生は多少厳しめの声でこう答えた。

「どうなるんでしょうか、何て受身の考えじゃ駄目です。どうしたらいいでしょうか、というふうに、自分の力で道を開く姿勢が必要です」

まあ、そりゃそうかもしれない。甘かったか……。

そして先生は、しばらく沈黙した後で、こう続けた。

「あなたは、すぐにまた、その戦艦に行くことになると思います。まだやらねばならない仕事が残っているからです。そしてその仕事は、生まれてくる前にも、あなたがしていたことなんですよ」

確かにそうかもしれない。降魔の剣を振るった時のあの既視感覚は否定できない。あれがオレの本来の姿？

「では、その心構えというか、準備というか、どう備えればいいんでしょうか」

「お酒は止めた方がいいわね。普通でもアルコールが入ると、悪霊に支配されやすくなるんです。あなたが霊界へ旅立つのは、また夢の中でしょうが、お酒とともに『あちら』の世界へ行けば、『地獄』に行くのは間違いありません」

「分かりました。じゃあしばらくアルコールからは遠ざかります」

「そして、難しいけれどももっと大事なことがあります。それは、心のコントロールです」

「心のコントロール……」

そんなこと、これまで聞いたことも考えたこともない。「心のコントロール」だって？

理解できねえ。

「これは普通、すぐにはできないことです。しかし、あなたはすぐに霊界に行きそうだものね。それで、あえて言っておきます。心をコントロールしないで霊界に行くことは自殺行為です」

「先生！　どんなふうにコントロールするんでしょうか？」

オレは必死に質問した。自殺行為だって？　行きたくって行くんじゃねえのに……。

「電話だから簡単に話すと、道徳的宗教的なよき思いを抱くこと。愛、友情、思いやり、やさしさ、希望などね。そして、それと反対の思いは出さないように心がけること。憎しみ、怒り、ねたみ、悲しみ、恐怖、自己中心など、良心に反する『悪想念』が出たら、即座に修正すること」

「それだけでいいんですか？　そんなに難しくなさそうですね」

「言うのは簡単、でも実際に心をコントロールすることは、名僧智識でも難しいことです。それに霊界で『悪想念』を発したら、その世界に通じちゃいます」

「通じる……」

「たとえば、怒りを発すれば、その怒りの世界の『阿修羅地獄』に通じて、落っこっちゃうんです」

霊界では、思った通りの世界が展開するっていうことか。そういえば昔見た夢でも、出た思いの通りに場面がバンバンと展開していったっけ。

「そして、もうひとつの観点は『平静心』です。心を波立たせると、悪魔の付け入る隙を作りますよ」

「『平静心』ですか……」

もっと魔法みたいなことを教えてもらって、パパッと解決できるのかと思ったのに、これじゃ心の修行が必要じゃないか。山寺にでも籠《こも》らなきゃダメかもしれない……。

電話を通じてでさえ、オレからは、「一体、どうしよう……」という失望の雰囲気が、どうやらありありと伝わったようだ。萩原先生は、いかにも「やれやれ」という感じで、

「早ければ今晩呼ばれるかもしれないから、まあ仕方ないわね。即席の戦い方を教えてあげます」

と言って、電話での特別講義を始めてくれたのだった。

一九八一年六月九日　四次元地獄領域　戦艦「陸奥」

「島田兵曹長め、とっ捕まえて、この精神棒で制裁してやる！」

戦艦「陸奥」の甲板士官である井田少尉は、全身を真っ赤なオーラを燃え上がらせ、鬼のような形相で、後部甲板を歩んでいる。炎のような真っ赤なオーラとは、怒りの炎の色。そ

して、吐く言葉とともに、口からは燐光を発している。

「あのスパイめ！　爆発を起こしたのは、あの英軍のスパイのせいだ！」

井田少尉の想いが、「英軍のスパイ」こと、地上から迷い込んだ人間に及んだ時、真っ赤な「怒りのオーラ」は、ふくれ上がるように広がり、そのまがまがしい力を倍加させたのだ。

そして、外見はさらに鬼に近いものとなり、人間というよりは魔物に近い印象を受けてしまう。

「ひそかに接近して、島田兵曹長を拘束しよう。そしたらコレでたっぷりと、骨が砕けるほどに可愛がってやる……」

鬼の金棒かと見まがう「海軍精神注入棒」、その凶器を握り締めた甲板士官が、凄みのある笑みを浮かべると、耳まで裂けた口からは、笑みとともに燐光が漏れたのであった。

実は先ほど、甲板士官は意識が回復したばかりだった。ふと気がつくと、自分が「陸奥」上甲板の後部、第三砲塔の右舷側横に立っていたのだ。気がつく直前までの記憶がまったくない。一体これまで、自分は何をしていたのか、回りはどうなっているのか、まったく見当がつかないのだ。現在只今では、随分と化け物のような外見になっているのだが、意識が回復した当初は、普通の青年の姿を取っていた。ただ少し、禍々《まがまが》しい剣呑な雰囲気を漂わせているだけだったのである。多分、爆発を一度経たせいなのだろうか、毒気が抜かれていたようなのだ。

しかし、島田兵曹長のことを思い出し、さらに英軍のスパイに想いをはせることによって、甲板士官の心の中にある怒りの炎は、徐々に大きく燃え上がるようになった。その炎が大きくなるにつれ、彼の外見も化け物のように化してきたのである。

島田兵曹長を捕捉するために、音や気配を消しながら、忍び寄る猫のように周囲の様子をうかがっていた甲板士官は、ひと気のない甲板に、ふと疑問を覚えた。これまでの長い間まったく疑問に思わなかったのだが、なぜ人影が見えないのだろうか。本艦には一四〇〇名を越す乗組員がいるはずだ。半舷上陸をしていても、その半数の七〇〇名は艦上にいるはずなのに。

爆沈当初には、戦死者の魂のほとんどが、地獄の「陸奥」にとらわれていた。しかし四〇数年の間に、その大多数が地獄を去り、本来の明るい世界「天上界」へと旅立ったのだった。現在になっても、まだ「陸奥」に乗艦しているのは、ほんの少数である。そのほとんどが特別な理由、何かに強くとらわれて執着している場合がほとんどである。先ほど、特別救助隊に救出された中田一水は、「恐怖」があまりにも強すぎたせいで、なかなか成仏できなかったのであり、この甲板士官がとらわれて抜け出せないのは、その強い「責任感」ゆえなのであろう。

「責任感」を持つことはいいことであるが、何事も過ぎれば悪になるものだ。行き過ぎた責任感は、自らをさいなみ、他人を裁くことにもつながる。「陸奥」を爆沈させてしまった責任を、甲板士官は一身に負っているのである。

この地獄という魂の牢獄は、他人によって入れられるのではない。自分の心自体が自分自身を閉じ込めているのだ。「自縄自縛」という言葉が、それこそピタリとあてはまるのである。

昭和一八年に爆沈した後、「陸奥」は戦後に海底から引き揚げられて、解体されている。もう、この世には存在しないのだ。しかし、あくまでそれは「この世」での話である。霊界の地獄領域では、霊的な実体として、戦艦「陸奥」は存在を続けているのだ。そしてあの「爆沈」を何度も繰り返すという、「地獄の苦しみ」を、何度も何度も繰り返しているのである。

上甲板士官である井田少尉は、その「陸奥」という地獄を住処として、戦後の四〇数年を過ごしてきたのだ。だが、それほどの時間が過ぎ去ったとは、少尉には分からない。あの爆沈の時のまま、時間の流れは止まっているからだ。

しかし、これまで四〇年、何の疑問も抱かなかった井田少尉に、「疑問」という形で「理性」が働きはじめたのである。それには理由がある。地上からの侵入者が、この「陸奥」の地獄に一石を投じたからだ。四〇年以上も「爆沈」の想念の渦の中にとらわれていると、さすがに爆発があったことくらいは分かっている。(元通りに戻ってしまうことが不思議なのだが）やっとその爆発の原因が特定できた気がするのだ。

「島田を締め上げて、スパイの居所を吐かせよう」

怒りと闇のエネルギーに魅入られ、正常な判断能力は喪失しているのだが、あの「英軍のスパイ」こそが、全ての問題を解決するための糸口となるであろうことが、何となく分かるのだ。甲板士官は、その手にする「海軍精神注入棒」を握りなおした。頭の中は、あの英軍のスパイを、骨まで微塵に砕くことしか考えてはいない。

その眼に異様な青白い光をたたえ、少し猫背になりながら、周囲をうかがっていた甲板士官は、その時、左舷から聞こえてきた、わずかな靴音を逃さなかった。

「島田め……」

舌なめずりしながら、恐ろしい笑みを浮かべると、口の端は耳まで裂け、燐光が漏れる。

甲板士官は、さらにしなやかに忍び寄ると、一気に島田兵曹長を捕捉した。「海軍精神注入棒」という名の「鬼の金棒」による渾身の一撃を、捕捉という名で呼べばの話だが。

徹底的に、島田兵曹長を痛めつけ、全てを吐かせなければならない。

血を流し、甲板に打ち倒れている島田兵曹長の傍らで、甲板士官は仁王立ちして叫んだ。

その声には、慈悲や優しさのかけらなど、どこにもない。聞いた者に絶望だけ与えるような、非情さと恐ろしさしか響いてこないような声だった。

「島田！　あの英軍のスパイはどこにいるんだ！」

打ち倒されて答えることすらできない島田兵曹長に対して、甲板士官は、「鬼の金棒」を振り上げた。これでスパイまで捕捉できれば、全ての問題が解決するのだと、彼は堅く信じているのだ。

そう、解決策は用意されつつある。ただし、甲板士官の思いもつかない方法でだが。

一九八一年六月九日　四次元天国領域　空母「隼鷹」艦橋、発着艦指揮所

「もうしばらくで、視界内に入るやろ」

呉第三特別救助隊「隼鷹」分遣隊、先任下士官の永井兵曹は、間もなく現れるであろう機影を双眼鏡で探しながら、そう、独り言を言った。先任下士官は白い第二種軍装に身を包み、頭には白い略帽、下士官であることを示す黒の二本線が入っている。彼が待っているのは、「六五三空」の連絡士官だ。どうやら自分で飛行機を操縦して飛来するらしい。

先任下士官が待機している場所は、霊界、四次元の天国領域に停泊している、空母「隼鷹」。その右舷にある、艦橋後部の発着艦指揮所である。飛行機が発着艦するのを指揮する場所だから、着艦してくる連絡士官の状況が、これ以上に分かる場所はない。それに場所も高い位置にあるから、見晴らしのよさも普通ではない。場所は、飛行甲板の横に煙突ととももに立っている巨大な艦橋構造物の後部である。先任下士官以外には、他の人影はいない。あの広い飛行甲板から聳《そび》え立っている艦橋の、その三階部分にあるのだから、これは気持ちのいい景色を堪能できる。

いつ見ても、飛行甲板は大きい。この「隼鷹」のタイプの空母は、飛行甲板が広くて使いやすいのには定評があったはずだ。商船から改造した空母にもかかわらず、「中型の正規空母並み」だという評価は、確かにこの広さを見ると実感できる。

「最近の地上世界の空母は、『隼鷹』の三倍以上もあるというんだから、どれだけ大きいんだろう」

先任下士官は、待機しつつそう思った。

しかし、これから着艦する飛行機があるというのに、飛行甲板にも艦橋にも、まったく人影はない。だが人影がなくとも、幽霊船にも見えないし、放棄された廃艦にも見えない。あくまで十分に手入れされていて、「機能している」ことはひしひしと感じられる。「着艦フック」を引っ掛けて止める「着艦制動索」を操作する人手すら見えないし、それに第一、発着艦に必要な合成風力を得られるようにするためには、艦は全速で航行しなければならないはずなのに、この「隼鷹」は停泊したままである。

「艦が停止したままでも着艦が可能なんだから、霊界って言うところは便利なもんや。それに、艦を維持する人員すら必要ないんやから」

もう長らく霊界の住人である先任下士官は、地上での艦隊勤務を思い出して、つぶやいた。

「霊界では、本当に思った通りになる。ワシがここで発着艦の指揮を取って、着艦制動索がきちんと作動する『思い』を出せばすむことやし、母艦が航行しなくてもいいのも、同じ理由や。すなわち、着艦する操縦員が、着艦の成功をありありとイメージできれば、それで大丈夫なわけやから」

先任下士官は、停泊したままで動きの見えない「隼鷹」の飛行甲板を見ながら、そう思った。

霊界とはやはり「何でもあり」の便利な世界や。先任下士官は続けてこう思った。

(しかし、思えば実現するといっても、それが難しいことは難しい。イメージをありありと描き続けるのは、とても難しいし、実際に生きている時に経験したことでなければ、なかなか具体的なイメージなんか持てんことは事実やな)

先任下士官は、霊界に来たばかりの頃の自分を思い出していた。

(霊界に来ると、思ったらどんな家でも作れるし、どんな豪華な家に住むことも可能やけど、たいていの人は、生前に自分が住んでいた家と似たような家しか作れないしな。ワシが思いで作って住んだ家も、実家とそっくりやった。自分が王宮に住むようなイメージを、具体的に持つことができるかどうか、柱の形や壁の材料、じゅうたんの模様まで具体的に持てるんなら、王宮にも住めるということやな。これは生きてる時の生活が出るわけや。

着艦のイメージを持てるのも、それと同じやな。詳細に具体的に、そして継続して思えるかどうか、ということや）

この高い指揮所から眺めると、本当にここの景色は美しい。非常に穏やかな海は、本当に遠くまで視界が利いている。海鳥も飛んでいないし、他の艦艇もまったく見えない。ただ静かに「隼鷹」が浮いているだけなのだ。これはどう考えても、地上の海とは違う。何が違うかよく考えたのだが、回答は得られなかった。ただ、混じりっけなしの純粋さを強く感じたのは確かだ。微風がほほをなでて通り過ぎる。実に優雅で平和な海である。あの「陸奥」の浮いていたところとは比べ物にならない。同じ軍艦でも、「陸奥」や「神通」は地獄にいて、この「隼鷹」は天上の世界にいる。

（結局は、軍艦の内部にいる人たちが、一体、どこの世界の住人か、その平均値で決まるんや。天国に帰ることができる戦死者は、死後、沈没した軍艦内に留まることはない。留まるのは成仏できなかった霊だけや。まあワシらのように、救済のために意図的に来ている霊もおるがな。結局は、迷って軍艦内に留まっている不成仏霊の数があまりに多いと、その軍艦は成仏できないということやな。だから、悲劇的な最後を遂げた軍艦ほど、迷う霊も多く、「地獄での保管艦」になるしか道がないんや。

本艦は沈没せずに戦争を生き残ることができて、戦後解体されたから、悲劇性が少ない。

それでこうして天上界に浮いていられるんやな）

その時、先任下士官の覗いていた一二センチ双眼鏡に、零戦とおぼしき機影が見えた。

「左一二〇度、零戦一機近づきます！」

誰に報告するわけでもないのだが、つい地上世界のころの生活のクセが出てしまい、声に出して報告してしまう。

一度、翼を傾けて旋回した零戦は、艦尾からまっすぐ「隼鷹」の上空を通過した。着艦フックを降ろしているのは、「着艦よろしきや」の合図だ。通過する零戦は上面を緑、下面を明灰白色に塗った後期型の五二型のようだ。下面色の塗りわけ方で、中島飛行機製だと分かった。ロケット式の単排気管特有の「バリバリ」という轟音を響かせた零戦は、とても快調そうだ。霊界では整備も行き届いているようだ。

最終旋回を終えた零戦は、最終アプローチに入っている。見上げた「隼鷹」のマストには、いつの間に揚がったのか「着艦準備よろしい」の信号旗が翻っている。飛行甲板に設置されている六本の着艦制動索―アレスティングワイヤー*も、いつの間にか立ち上がっている。

零戦はフラップをいっぱいに下げ、機首を心もちアップして、主脚である前輪と小さな尾輪をほぼ水平にした姿勢で降下してくる。下ろしてある着艦フックもはっきりと確認できる。ピタリと軸線に乗り、降下角もドンぴしゃりだ。

「そういえば、この『ドンぴしゃり』という言葉、このように空母に着艦する時に、ドンと接地して制止索でピタリと止めることから言うようになったのが、戦後一般社会でも使われているみたいだなあ」

と、先任下士官は思った。

この制止索は、三本目にフックを引っ掛けて停止するのが一番よしとされていた。三本目というと……、飛行甲板の後ろから三分の一くらいの場所だ。

接艦してきた零戦は、見事にその三番目の制止索にフックを引っ掛けると、グッと静止した。本来なら、飛行甲板脇の待機所から白い事業服を着た係りの兵が飛び出して、フックを外す作業に当たるのだが、そこは霊界、自然にフックは制止索から外れている。

フックを巻き上げた零戦はタキシング―地上滑走をして艦橋を通り越していく。搭乗員は、操縦席の風防を全開し、椅子を目いっぱい上げて座っている。着艦時に機首上げ姿勢で降下してくるから、視界確保のためにそうするのだ。

〔*フラップ―翼の後端に備えつけられている高揚力装置の一種。「ファウラー式」と「スプリット式」に大別される。離着陸の際に使用する」

垂直尾翼に白い文字で記入してある機番号は（653-102）と書いてある。あの困難な着艦を見事に決めるのだから、やはり艦隊航空隊だ。零戦は前部エレベーターの上で上手に停止した。

「さあ、行くか！」

先任下士官は、指揮所の後ろ側にあるかなり長いラッタルを下り、一層下にある機銃座に下りた。そこからまた横に設置されているラッタル──こちらは少し短い──を使って、飛行甲板へと降り立った。

降り立った飛行甲板は木でできている。そこに数列にわたって整然と設置されているのは、飛行機を繋止するため眼環──アイボルトだ。降り立った艦橋の後部から前方へと歩いていくと、すでに搭乗員が立っていた。

その場所は、ちょうど艦橋の前側部で、飛行隊がブリーフィングをするスペースの前である。飛行甲板上に零戦の姿はすでにない。地上世界の普通の空母なら、エレベーターで格納庫に下ろしたところだろうが、エレベーターを上下させる時の「チンチンチン」という音も聞こえないし、当然、整備兵もいない。まあいいや。この世界はそんなところさ。

「『隼鷹』分遣隊の永井上飛曹です」

敬礼しながら挨拶をする先任下士官。

「戦闘三〇八飛行隊*の宮川大尉です」

と答える零戦搭乗員。

〔＊戦闘三〇八飛行隊は六五三空に所属する特設飛行隊。戦闘機隊〕

「大尉、こちらへ」

と、先任下士官は宮川大尉を誘導した。搭乗員待機所から艦内に入り、飛行甲板より一層下の甲板にある、上部格納庫内の分遣隊本部へと移動したのである。

一九八一年六月九日午前　三次元地上世界　都立大学生食堂

普段なら、朝から夕方までびっちりと講義を受ける月曜日なのだが、今日は、昼前の授業が休講になったので、午後まで時間がたっぷり余ってしまった。することもないので、学生食堂に早めに入り、A定食を注文した。

どうやら、この学食はなかなか美味しい料理を出すようだ。他の大学の食堂に行ったことはないから、自分自身で食べ比べたわけではない。しかし、東工大に一浪で入った高校の友人を、この学食に連れてきて食べさせたら、メニューの豊富さと味のよさに驚いていたっけ。

そんな、どうでもいいことを考えながら、A定食を平らげたのだが、心の奥底では、どうしても「陸奥」のことを考えてしまうようだ。鉛でも飲み込んだように、心のどこかが重いままになっている。立ち上がって、食器を片付け口に持って行き、そのついでに自動販売機でレモンスカッシュを買った。紙のコップに、ザラザラと氷が入ってくるタイプの自動販売機だ。昼休みになるまでには、まだ一時間くらいあるから、食堂はまだガラガラである。それで、もう一度テーブルに着いて、少しくつろぐことにした。

しかし、それにしても、とんでもないレポートの課題を出されたものだ、「陸奥」の救済だなんて。あの体験が単なる夢ではないことは、もう確信している。問題は、どうやってあの甲板士官を救済するかだ。いくら考えても、大したアイデアが浮かんでくるわけでもない。悩むだけ時間の無駄だと思いなおして、来月のボーイスカウトの月例隊集会のアイデアでも、考えてみることにした。無味乾燥な訓練目標を、どうやって面白くゲーム化できるかが、指導者の腕の見せ所だ。心の中で様々なシミュレーションをくり返し、智慧の限りを尽くすことは、非常に心の健康にもよい。先ほどまでは、自分でも分かるほど寄っていた眉間のしわが、いつの間にかなくなっているようだ。やはり、グルグルと思い悩んでいるよりは、積極的建設的な思索の方がよほどよい。

そうして、心の波動が「悩み」から「智慧」に一転してしばらくした時、オレの目の前に人影が立った。視線を感じたオレは思索を中断して、その視線の主を見上げてみた。テーブルをはさんだ反対側に、一人の女性が立ち止まって、オレを見下ろしている。全然見ず知らずの学生だった。ゼミの先輩でもないし、二年までのクラスメートでもない。一体、オレに何の用だろうか。

実はオレは、いつの間にか完全な「硬派」になっていたのだった。高校三年間は、世にも珍しい公立の男子校に通い、休日は、ほぼボーイスカウトと、男だけの世界を生きてきたのである。それで、女性という存在を忘れ果ててしまったようなのだ。大学受験の最初の日、とある私立大学の受験会場で、同じ教室にいる女子の受験生を見て、「こいつ、部屋を間違えている」と、思ったほどだ。

そのようにして、人為的に硬派になったものだから、大学に入っても、無理に女子と接近しようとは思っていない。当然、女性の知り合いは到って少ない。だから、この眼前の女性が、オレに話し掛けてくること自体が緊急事態だ。まあとにかく、相手の方はオレのことを知っている様子ではある。

その子は、オレに話し掛けるのに、少しためらうようなそぶりを見せながら、

「井田さん……、ですよね」

「あ、はいそうですけど」

そういったオレの表情には、疑問詞がバッチリと浮かんでいたんだろう。その子は、ニッコリと笑みを浮かべながら、少しイタズラっぽく、

「里美です。分かりませんか?」

彼女は、はき古しのジーンズに黒いTシャツ。少し薄めの色をした髪は短くカットされていて、ボーイッシュないでたちだ。誰だろう、まったく思い当たらない。

傍《そば》から眺めていたら、オレは多分、目を白黒させていたんだろう。女の子に話し掛けられるなんて、想定外の非常事態だ。

「このTシャツを見ても、思い出しません?」

彼女は、目をキラキラと輝かせながら、自分の着ているTシャツを示した。あれ？　見たことがあるTシャツだ。これは……、シニアスカウト北海道大会の、記念Tシャツだぞ。本州で所持しているのは、オレを入れてもほんの数名しかないはずだ。何でこの女の子が持っているんだろうか……。

そう言えばオレ、このTシャツ、同じのを二着買って、誰かに一着プレゼントしたかもしれない。記憶の糸をたどっていって、オレはハッと思い出した。そうだ、銚子の親戚の子に一着やったことがある。

「キミ、銚子の子？」

ようやく、その事実だけを思い出したオレは、そう聞いてみた。

「やっと分かりましたー？」

その子は、満面に笑みを浮かべると、「座ってもいいですか？」と言って、オレの対面に腰掛けた。

言われてみれば、確かにTシャツを女の子にやった記憶はある。だが、どんな子にやったのかは覚えていないし、当然、名前なんか全然分からない。親戚の誰かなんだろうが、とりあえずは話を合わせておくことにした。実はオレは、人の名前をまったく覚えない男なのだ。

「きみ、都立大に入っていたの」

と、軍事用語で言えば「探索射撃」を試みた。敵情が不明な場合に、とりあえず射撃してみて、敵の出方を見る射撃法だ。どうしても思い出せない場合に、オレがよく使う方法である。

「はい、人文学部の一年です」

「へー、でも、よくオレが分かったね」

「経済学部の四年に井田さんがいることは知っていました。それに、この前の、萩原先生の集中講義で見かけたものですから」

「あ、そう！　キミもあの講義取ってたんだ」

そんな会話をしているうちに、オレはだんだんと思い出してきた。小学生の頃、夏休みに泊まりに行ったことがある、親戚の女の子だ。この顔には見覚えがある。色白で目が大きい。男しか見慣れていないオレは、こうしたキラキラした目で見られると、どうも目のやり場に困る。

「井田さん、萩原先生のレポート、もう仕上げました？」

「うーん……」

オレは、何て返事したらいいか分からず、天井を見上げてしまった。

「歴史の教科書で習った『ルネサンス』は、真実とはずいぶん違うんですね。本当に驚きました」

「いやね、オレだけ別の課題が出されちゃってさ、それで困っているとこなんだ」

「課題が違う人がいるんですか?」

彼女は興味津津といった表情だ。心なしか、少し声のトーンが上がっているようだ。

まさかあんな「陸奥」での出来事を話したって、信じるヤツはいないだろう。バカにされるのがおちだ。

「うーん、変な話だからなあ」

と、またもや考え込んでしまったオレに、

「教えてください!　私、神秘思想とか心霊科学とか大好きなんです!」

と、言うではないか……、えーと……、里美ちゃんが。

「キミ、そんなのに興味あるの?」

と言ったオレは、それじゃあ話しちゃおうかと、「陸奥」での体験と、萩原先生からの指示を教えたのだった。

一通り、これまでの経過を話し終わったのだが、どうやら彼女は真剣に聞いてくれた様子だ。そしてそれだけではない。何か思いつめたような、不思議な表情を浮かべている。

「私、その親戚の海軍士官のこと、聞いたことがあるような気がするんです」

「え?　甲板士官の井田少尉のこと?　一体どうして……」

それまで、身を乗り出すようにしてオレの話を聞いていた彼女は、上半身を起こして椅子の背もたれに寄りかかり、かすかに上の方を見上げながら、こう言った。

「その人、私の母の許嫁《いいなずけ》の方かもしれないです。そんなことを母から聞きました。許婚の人が、戦艦とともに爆沈したって。たしか、井田さんの家の人だと思います」

この世には偶然などないと、聞いたことがあるが、こんな偶然があるのだろうか。この出会いもまた、誰かの「お導き」ということなのかもしれない。そうであるならば、甲板士官を成仏なり説得なりするためには、この機会を最大限に活用するべきなのだろう。

その時、オレの心の中にポッと、こんな「思い」が湧いてきたのだった。

(供養じゃ。供養してもらえ)

そうか！　あの下甲板の中田一等水兵を救済した時のように、地上の縁者に供養してもらえばいいんだ。その縁者が「許婚」ならいうことはないはずだ。これでもしかしたら、あの怖い甲板士官を救済できるかもしれない。

時間にすれば数秒だったのかもしれないが、オレはグルグルと頭の中で考えた。そして、(甲板士官救済には、供養しかない)

そう、思い定めたオレは、真っ暗闇の中に、ようやく一筋の光明が見えた気がする。そして、里美ちゃんに助力を求めることにしたのだった。

「お母さんに事情を告げて、一緒に、供養してくれないかな」

こんなにカワイイ女の子に申し込むのが、「デート」ではなくて「供養」だとは……。

オレの硬派ぶりも、これで免許皆伝だなあ。

一九八一年六月九日　四次元地獄領域　戦艦「陸奥」艦上

「まったく手間だけとらせやがって」

燐光を発しながら独り言を言う甲板士官の口元からは、チョロチョロと赤い舌先が見え隠れする。手にした「海軍精神注入棒」では、先ほどイヤというほど、島田兵曹長を痛めつけていた。本当に、骨が微塵になるほどに責め立てたのだが、あの「英軍のスパイ」に関しての情報は聞き出せなかったようだ。

「あれだけ痛めつけても吐かないのだから、本当に知らなかったのかもしれない」

甲板士官は、スパイ摘発の手がかりを得られずにいた。

「あのスパイを阻止すれば、爆発は防げるのに……」

怒りの炎に燃え上がる甲板士官が、スパイのことを考えた時、彼の脳裏に、ある記憶がよみがえった。

「何だ？　この記憶は……」

その記憶は、「ありえない光景」だ。多分、夢の中でのことなのだろうが、彼の故郷の家に行った記憶が確かにあるのである。その夢の中の家は、間違いなく自分の生まれ育った家なのだが、でも何かが違う。まったく自分の知らない世界だった。部屋の内部には見覚えのない家具や、何だか用途が分からない機械がたくさん置いてある。そして、フトンを敷いて寝ていたヤツが、あの「英軍のスパイ」とそっくりの容貌だったことを、甲板士官は思い出したのだ。

「こんなことはありえない！」

絶対に事実だとは思えない。しかし、拭い去りがたいしっかりとした記憶があるのだ。自室にいた甲板士官は、頭を抱えて考え込んでしまった。

もちろん、彼のこの記憶は事実である。あの「陸奥」のメダルに引き寄せられて、魂が一時期だけ生家に戻ったのだ。その時フトンにまたがって金縛りをしたのが、あの「英軍のスパイ」との邂逅《かいこう》である。

不思議なことに、彼の鬼のような容貌は、普通の青年士官のそれに戻っている。多少、まがまがしさが感じられるだけで、漂う瘴気も口からの燐光も、今は影をひそめているのだ。故郷に心が飛んだ時、人は鬼ではいられなくなるのだろう。

その時だった、私室の電話が鳴ったのは。

考えにふけっていた甲板士官は、ハッと我に返ると、急いで電話の受話器を取った。

「はい。甲板士官、井田少尉です」

先方の電話の主は、恐ろしい声をしていた。大声を出すわけではないのだが、温かい血が流れているようには、どうしても思えない声だった。電話がくるたびに、心の底まで凍りつくような気にさせる声なのだ。

「井田少尉、『陸奥』が緊急事態なのに気がついているのか」

電話の内容は、初めから叱責だった。井田少尉は、何が緊急事態なのか、実態をつかんでいなかった。

「申し訳ありません。『英軍のスパイ』の件でしょうか」

「それも危機には違いないが、もっと大きな問題に気がつかないのか」

と、全てを凍らせるような声が言った。

見当がつかず、沈黙してしまった甲板士官に対して、「声」が叱責のトーンを高めて言った。

「『陸奥』が消えかけているのに気がつかないか!」

そう言われた甲板士官は、ハッと気がついた。そういえば最近、「消えうせた」としか言いようのない箇所が増えたような気がしていたところだった。防水扉を開けてみると、そこにあるべき部屋が存在せず、空間がそっくり消えうせたような場所が増えているのだ。

「そうだ、『陸奥』がわれわれの手から奪われようとしているのだ。ただでさえ、戦闘能力を喪失している『陸奥』が、その存在すら消されようとしているのだぞ!」

最近は、不思議なことがあまりにも多く、この問題に注意を払うことができなかった。甲板士官は、「『陸奥』消失」の可能性を指摘されて、衝撃を受けた。

「絶対に阻止します！」

そう言う甲板士官は、青年士官の姿から、元の鬼のような相貌へと変化してしまったのである。

「消失」とは、実は「浄化」のことである。迷った戦死者が成仏し、その周囲が浄化されると、その部分は地獄界から消滅することになるのだ。「陸奥」艦上からひと気が消えたのは、その魂が成仏したからであり、迷った魂たちがいなくなれば、艦内のその部分は浄化して、地獄の亡者からみれば「消失」したとしか思えないのである。

「陸奥」艦内で迷っている亡者は、すでに少数と化した。それで、「陸奥」全体が浄化されてしまうことを、地獄の勢力は恐れ始めているのであろう。

地獄領域が減ることは、魔界の亡者たちの住処が減ることを意味する。

地獄界減少へ向けての、戦艦「陸奥」における局地戦は、ここにひとつのピークを迎えようとしていた。愛と慈悲の救済行為は、降魔の戦いを経なければ、実現できぬこともあるのだ。

一九八一年六月九日　四次元天国領域「隼鷹」分遣隊　ブリーフィングルーム

呉第三特別救助隊「隼鷹」分遣隊長隊長、吉岡海軍少佐は、手に取った命令書に目をやった。そこには冒頭に「命令書」と大書してあり、その横に少し小さく「呉三令第三〇二号」とあり、続けて本文。

「発呉第三特別救助隊司令　宛『隼鷹』分遣隊長
『隼鷹』分遣隊ハ、斉藤中尉ノ指揮スル救助隊ヲ編成シ、タダチニ軍艦『陸奥』甲板士官オヨビ第四砲塔長ヲ救助スベシ。マタ救助隊ニハ地上人ヲ帯同セシムルコトトス。ナオ六五三空*オヨビ第一六駆逐隊、本作戦ヲ支援ス」

〔*六五三空＝第六五三海軍航空隊の略称。航空母艦に、搭載されて作戦できる「艦隊航空隊」のひとつ。終戦まで活躍した航空隊で艦上戦闘機、艦上爆撃機、艦上攻撃機で編成される〕

吉岡少佐が、その命令書から上げた眼は、鷹のような凄すぎる眼であった。真っ白な第二種軍装に身を包み、小兵の体格に精悍な雰囲気を漂わせた彼は、細面の顔立ちだ。頭髪は多少寂しくなっている様子だが、そのリカバーのためでもなかろうが、濃いひげの剃り跡が目立つ。

今回の戦艦「陸奥」における作戦は、ある程度の成功を収めた。その参加者全員を交えたデブリーフィングが、先ほど終了したばかりである。ところが、それを追いかけるようにして、新たな命令が下るというのは、非常に異例なものだ。吉岡隊長は、少し眉根を寄せるような表情を見せながら、今回の異例さの背後にある「何か」を感じ取ろうとしていた。特に、別電で指示があったように、六五三空からは連絡士官まで派遣されてくるのだ。

吉岡隊長は、デブリーフィングが行われた時のまま、会議の同じテーブルに着席している。その隣には、現場指揮官の斉藤中尉が座り、隊長から手渡された命令書を読んでいた。

そこに先任下士官の永井兵曹が、先ほど零戦で飛来した連絡士官の宮川大尉を先導して入室してきた。会議室は、二〇畳くらいの大きさ。白い色が基調で、部屋全体が明るく輝いている。部屋の中央には直径二メートルくらいの、白い大きなテーブルがある。部屋の雰囲気もテーブルも、とてもではないが、空母の艦内にある部屋には思えない。一言で言えば殺風景な部屋だ。テーブル以外に調度品は何もなく、内装飾は白一色で、軍艦の内部からはほど遠い印象である。さらによく観察してみると、部屋の隅が光っていて、あまりよく見えない。光で輪郭がボーっとしてしまっている。やはり普通の空間ではない。

先任下士官は、上体を三〇度傾ける室内の敬礼をして、到着を報告した。

「連絡士官をお連れしました」

分遣隊隊長は、立ち上がって答礼。斉藤中尉も即座に起立した。

「呉第三特別救助隊『隼鷹』分遣隊隊長の吉岡少佐です」

「六五三空、戦闘三〇八飛行隊の宮川大尉です」

宮川大尉は、落下傘ベルトとカポック（救命胴衣）だけを脱いだ飛行服のままでいる。飛行帽を脱いだその頭は、短く刈り込んである上品な白髪だった。年齢は六〇歳を超えているように見える。

吉岡隊長は二人を促しつつ、自らも着席した。

宮川大尉は、早速、本題に入った。

「私は飛行隊との連絡士官として今回派遣されました。また『陸奥』甲板士官の説得も副次的な任務として与えられています。私がこの任務に選ばれたのは、『陸奥』の甲板士官が海軍兵学校の後輩だから、それも、同郷の後輩として特に親しくしていた経緯があるからです。よろしければ今回、私は救援隊に同行させていただきます」

連絡士官の言葉を聴いた分遣隊隊長は、斉藤中尉の方に向くとニコリと笑みを浮かべて、

「斉藤中尉、甲板士官救済の見込みがやっと立ったね」

「本当にその通りです。実際のところ、あそこまで闇の勢力に取り込まれていると、どうやったら救い出せるか、まったくイメージすらできないところでした」

斉藤中尉も、「地獄に仏」という表情をアリアリと浮かべながらそう返事をした。

「では、ぜひ同行していただきましょう。甲板士官の説得にもご協力をお願いします。甲板士官救済のための秘策を、宮川大尉はすでに何か用意しているのですか？」

宮川大尉に対して、隊長が期待を込めて言った。

「先ほども申し上げましたが、私はまだ地上での人生を終えて間もない存在です。コチラでの任務も、これが初めてになります。地獄での身のこなし方もよくは知りませんし、悪霊との対処の仕方も分かりません。ただ、そんな私であってもこうして遣わされたのですから、ただただ真心と慈悲心をもって対処しようと思っております」

その発言にうなずいた吉岡隊長は、しかし、一種ものすごい笑みを浮かべて、こう宮川大尉に聞いた。

「宮川さん。しかし、何か特別な事情が隠されているんじゃありませんか?」

「特に今回、私が派遣されたのには理由があります。それは、地上人の井田さんが『陸奥』に参入したことと関係があります。ある意味で均衡が保たれてきた地獄界に、どうやらほころびが生じた模様だと、上層部が判断いたしました」

と、宮川大尉が、「上層部」の分析を報告した。

「命令には明示されていませんが、貴隊の一連の作戦遂行によって、今回、地獄界の『ほころび』が拡大する可能性が大であると判断されているようです」

そこまで説明を聞いた分遣隊隊長は、少し考えてから質問した。

「『陸奥』においての作戦行動の結果で、具体的にどのような変化が起こりうると分析しているのでしょうか?」

「そこまでは分かりません。ただ、地上からの供養の動きに、非常に大なるものがありうるそうです」

と、宮川大尉は答えた。

「そのために、地上人の井田さんを再び作戦に参加させる必要がある、ということでしょうね」

と、言った隊長は視線を宙に漂わせながら、独り言のように、付け加えた。

「供養か……、しかし、どうやって井田さんを呼び寄せるかだな……」

それまで聞くだけだった先任下士官が、

「隊長、それならば、いい方法があります。そこら辺は私に任せてください」

そう言った後で、ニンマリと笑ったのだった。

第五章——「陸奥」へ

軽巡洋艦「神通」

一九八一年六月九日夜　三次元地上世界　井田宅

「あなた、酒なんか飲んではダメよ」

萩原先生からそう言われた。酒を飲むと、知性と理性が麻痺するんだという。そうすると、霊といっても「悪霊」が影響してくるそうだ。それで、あちらの世界に行くとしたら、地獄の世界に通じる、ということなんだろう。またまた「陸奥」の世界にまっしぐら、というか真っ逆さまに落ちるのは、もう願い下げだ。さて、どうするかだ……

そう言えば、あの救助隊は「隼鷹」分遣隊だと言っていたっけ。内火艇も「隼鷹」に帰還するとか言っていたはずだ。ならば、どうせあちらの世界に行くならば、「隼鷹」の分遣隊本部に行く方がいいなあ。

北米航路の豪華客船として起工されながら、戦争の勃発によって航空母艦へと改造された「隼鷹」。その甲板からは、どれだけの攻撃隊が飛び立っていったことだろうか。幾多の海戦で勇名をはせた「隼鷹」。ことに「南太平洋海戦」では、「猛将」角田提督の指揮下、「隼鷹」飛行隊は勇戦敢闘、全滅に近い損害を出しながら、米空母「ホーネット」を撃沈した。「隼鷹」は栄光の空母だ。その後、幾度か損害を受けながらも、終戦まで生き延びた。そんな悲劇性の少ない艦だから、天国領域に浮いているのかもしれないな。

さて、その「隼鷹」に、どうやって行くかだ。

よくよく考えたが、幽体離脱なんかできそうもない。酔っ払うという方法も、リスクがある。こうなると、寝ている夢の中で、あちらの世界に行くしかないだろう。

確か、萩原先生からのアドバイスは二点、「心のコントロール」と「平静心」だった。オレは、それまでパラパラとめくっていた「陸奥」の資料を置いて、もう一冊の資料を取り上げた。それは、軍事関連とは別の、オレのもうひとつの趣味、心霊科学の本である。精神統一やら、幽体離脱やらが書いてある本だ。そこに書かれている内容を、これまで何度か試したのだが、まったく何事も起きなかった。才能がなかったので上手にいかなかったのだろうが、しかし参考にする書籍はこれしかない。

「平静心」を得るには精神統一が必要だそうだ。そのためには深呼吸、それも腹式呼吸を続けることだと、この本には書いてある。だが「心のコントロール」に関しては、そんな関連の記述はどこにもない。確か、萩原先生は「ラジオをチューニングするように」して、心の波長を合わせるのだと言っていたっけ。

「何の波長に合わせればいいんだか……」

オレは、「隼鷹」の救助隊に行かなきゃならないんだから、あの救助隊の人たちと同じ心境にならなきゃダメなんだろうな。

　オレは寝る前に呼吸法を試してみることにした。座布団を二つ折りにして尻の下に入れ、「降魔座」を組んで座った。「降魔座」とはアグラによく似ているが、一方の脚を他方の腿の上に乗せるのが異なる。右脚を左の上に乗せるのが「華厳座」で、その逆が「降魔座」である。通常は「華厳座」を組むのだが、今回は特に「降魔座」を組んでみた。だって、これからやるのは「降魔」そのものだから。

　腹式呼吸は、吐く息がポイントだという。下腹を少しずつへこませて、息を細く長く吐いていく。その息は、口から吐いて鼻から吸う。吐く息で体内の毒素が出て、吸う息で光やエネルギーが満ちるイメージを持つそうだ。何も余分なことを考えずに、ただ呼吸の回数だけを数える。

　最初から上手くはできなかったが、五分もやっていると、だんだんとコツがつかめてきた。それにしたがって、不思議なことに心の波立ちも収まってくるのが分かる。一体、何分経過したのだろう。「これで十分だ」と思われた頃に、今度は心をコントロールして、救助隊の心境に何とか自分を近づけてみることにした。もちろん、こんな経験は初めてだ。

（四〇年もの長い時間、地獄で苦しんでいたんだ……）

（責任感ゆえに「鬼」になった甲板士官か……）

　多くの戦死者たちが、戦後数十年、感謝も供養もされずに、そのまま放置されている。その悲劇に心がリンクした時、心は悲しみに満ちて、思わず涙が出てきたのだった。しかしその時、オレの心に、こんな思いが湧いてきたのだった。

（この悲しさが、苦しみや怒りと一緒にあってはならない。それではあの地獄にいる人たちと同じだからだ。救助隊の心境に近づくならば、「救う」という思いがともにあるはずだ。そう、「悲しみ」ではない「慈悲」の心である）

またまた、あの武士（?）のメッセージが、オレの心に湧いてきた。自分の考えのような、そうでなく他人の考えのような、とても不思議な感覚だ。

そして、なぜだか急速に睡魔に襲われたオレは、「降魔座」を解くと、倒れこむようにとベッドに入ったのだった。

守護霊

永井兵曹は、ブリーフィングルームに隣接した通信室で、通信文に取り組んでいた。しかしそれは通常の電文を起案しているのではない。書いているのは、電文ではなく手紙である。それも江戸時代のように、巻紙に毛筆で手紙をしたためているのだった。

軍艦の通信室から通信を送る、といっても、ここは霊界である。相手が軍艦でないこともあるし、「同時代の意識、ライフスタイル」を取っていない人もいるはずだからだ。たとえば、江戸時代を生きて、霊界に帰った日本人ならば、その意識と生活は江戸時代に相応しているものであろう。すなわち、通信を送る相手のスタイルに合わせて、様々な方式に変化するということだ。

通信文の内容はすこぶる簡単。単なる訪問の可否を問うだけである。内容の大意は、「公務により依頼したき事項あり。訪問の許しを乞う」というところであろうか。

永井兵曹は通信文を書き終わると、クルクルと丸めて金属の筒に入れた。そして横にある伝送管のフタを開けて、その筒を入れてフタを閉めた。通常このシステムは、艦内に圧搾空気で通信筒を送るシステムなのだが、そこは霊界である。どこまでも伝達することが可能なのだ。

通信文の受取人は、武士であった。

まげは結っているが、月代《さかやき》を剃らない総髪で、黒い紋付の羽織に袴を着用、端座している。両手は膝に置かれ、眼は半ば開いた「半眼」で、身じろぎもせずに座っている。大小の刀は手元には置かれておらず、後方の刀掛けに置かれているようだ。

小さな庭に面した一〇畳ほどの質素な部屋で、開け放たれた縁側からは、柔らかな光が注いでいる。

この武士こそが、井田の守護霊である。これまで井田の心の中にメッセージを送り、善導してきたのがこの武士の守護霊だったのだ。

守護霊とは、言うなれば黒子であり、本人にはそれと知られずに、一生を通じて地上人を守護する存在だ。事故に遭わないように、虫の知らせ的なものを送ったり、人生の重大事に際して、インスピレーションを送ったりしているのだ。しかし、地上の人間は好き勝手に生きてしまうので、最近の守護霊たちの努力は、徒労に終わっていることが多い。

この守護霊も、これまでも井田には、随分と指導をしてきたのだが、同様にほとんど徒労であった。しかし、あの「陸奥」のメダル以降、井田が多少、霊的になってきたので、メッセージは送りやすくなっているのは事実だ。

守護霊の武士は、考え込んでいた。今後、霊的世界に参入してくるであろう井田を、どのようにして指導していくか、である。通常の、黒子に徹する守護霊の範疇を脱して、直な指導を図ろうかどうか、と考えあぐねていたのだ。

今後、井田を待ち受けている霊的な実態には、恐るべきものもあるはずだ。守護霊として、ともに戦わねば、井田を守りきれるという確信が持てないのだった。

その時、庭先から、チリンチリンと小さな鈴の音がかすかに響いてきた。ネコの首に下げられた鈴の音である。やがて、庭に植えられた、山吹の黄色い花の間から、ネコが姿を現した。白に茶色のぶちのネコだ。かぎ尻尾の綺麗なネコである。くわえているのは金属の筒、くだんの通信筒のようである。

ネコはしなやかに縁側から飛び上がると、しずしずと武士のところまで近寄って、目の前にその通信筒を置き、ニャアと一声、小さく啼《な》いた。するとその通信筒は、一瞬、煙に包まれたと思うや消滅し、中身の手紙だけとなったのだ。

武士は目を開くと、

「やや、手紙か。ご苦労、ご苦労」

そう言って、手紙を手にとると、クルクルと広げながら、

「ふむふむ。永井兵曹からか……」

と、ニコニコと笑いながら読み終わった。

すると、いつの間にか硯と筆が現前に出てきている。それで急いで返書をしたため、前に置き、

「たのむ」

と一言、告げて、ネコの頭をちょんと叩いた。

ネコは、またもやニャアと啼き、手紙を口でくわえると、軽やかに庭へと降り立って、鈴の音を響かせながら消えていく。

一方の「隼鷹」分遣隊通信室。しばらく待った永井兵曹の所へ、やがて通信筒が返送されてきた。手紙だけだったはずなのに、いつの間にか通信筒に入り、圧搾空気で送られてきたのだ。

通信筒から手紙を取り出し、永井兵曹が読んでみると、「委細承知。お待ち致す」とある。早速、永井兵曹は、軍帽を手に取ると通信室を後にして、くだんの武士を訪うこととした。宮川大尉のように零戦で飛んで行きたい気もするが、なにぶん相手がお侍さんでは、着陸するのも骨が折れる。やはりここは内火艇に乗って、普通に行こう。

内火艇で陸地に乗りつけて上陸すると、すぐに、先ほどの武士の家がある。別に海辺に位置するということではないのだが、霊界では空間と距離は、あってないようなものだ。だから、移動は自由自在となる。内火艇に乗ってエベレストのふもとの川岸に上陸することも、多分可能なのだろう。

家の周りは雑木林になっていて、落ち葉が一面に敷き詰められたようになっている。季節は地上と同じ初夏のようだが、秋の落ち葉が自然に帰り、腐葉土になりかけている。ガサガサと落ち葉を踏みしめながら、庭先の枝折戸《しおりど》にたどり着くと、永井兵曹が家の内部へと声を掛けた。

「こんにちは！　永井です！」

チリンという鈴の音に、ふと、下を見てみると、いつの間にかに枝折戸は開いており、その先にネコがきちんと座っていて、永井兵曹を見上げていた。

「おやおや、お出迎えかね」

その永井兵曹の言葉に返事をするかのように、ネコはニャアと啼いて立ち上がり、身を翻して家のほうへと歩き始めた。ネコは途中で立ち止まって振り返り、永井兵曹を見てニャアと啼き、いかにも先導する様子だ。

「ネコちゃんよ。『我ニ続ケ』やな」

ネコは庭を通りぬけ、軽やかに縁側から飛び上がる。それに続いて庭に入った永井兵曹は、「こんにちはー」と、言いながら、縁側に近づいていった。

「どうぞ、お上がりくだされ」

と、中から武士の声がする。

永井兵曹は、おじゃましますと、勝手知った様子で縁側から上がっていった。

「お久しぶりです。こんな時ばかりお邪魔して、申し訳ありません」

「いやいや、こちらこそご無沙汰いたしております」

といった、やり取りの後、早速、本題に入った。

「先ほどの手紙で、委細承知いたしました。早速、夢の中にいる井田を連れてまいりましょう」

と、武士が言った。

ありがとうございます、と礼を述べる永井兵曹は、続けて、

「井田さんの守護霊さまと面識があって、助かりました。おかげで事が運びます」

「いやいや、これも全てご縁でしょう。先ほども、地上の井田にインスピレーションを送っ

ておきました」

「ほう、それは素晴らしい。地上では、守護霊のインスピレーションなど、受け取れない人間ばかりですからねえ」

「さほどに得意になることでもありません。寝る前に呼吸法で精神統一をしていたゆえに、普段よりも多少、本人の感度がよかったに過ぎませんので」

そう言った守護霊は、

「では、よろしければ本人を連れに参りましょうか」

立ち上がって両刀を腰に帯び、永井兵曹を誘って今度は玄関口から外に出た。

守護霊が、格段の説明を受けなくとも、不思議に事態を把握しているのには、実は霊界の手紙に、その秘密がある。霊界の文字は、地上の文字と違って二重三重の意味を含んでいる場合が多い。手紙に「公務」と書かれていれば、その内容までが直感的に伝わるのだ。それゆえに、最低限の内容の手紙であっても、膨大な情報量が相手に伝わることとなる。だから守護霊は全てを理解して協力しているわけなのだ。

玄関から外に出ると、そこは、まったく違った空間だった。庭先から見えた雑木林など、影も形もない。ただ広がっているのは、白一面の何もない空間だけである。

「この玄関は、井田の精神世界に通じております。守護霊として、井田を守護するに便利なように、こう設定しておるのです」

そう、守護霊は永井兵曹に説明した。

「あやつ、何も考えておらんようじゃな」

守護霊は、井田のことを言っているようだ。

「これで本人が、何かよからぬ欲望、色情やら金銭欲やらに満たされておれば、色情地獄なり餓鬼地獄なりに行くのじゃが、この者、頭が空っぽのようじゃ。夢の中では、よくこうなっておる」

守護霊は、手をかざして、彼方此方《あちこち》を見渡している。

「大抵、ここいら辺にシルバーコードが見えるんじゃが……」

永井兵曹も一緒になって探してみた。すると、右手の遠くの方に、薄い白銀の白い糸のような筋が見える。

「あ！　あれじゃありませんか？」

永井兵曹が、指を差し示す。

おお、そうじゃそうじゃと近寄ると、井田がボーイスカウトの格好をして、ボーっと突っ立っている。口は半開きで眼の焦点は合っていない。

「仕方のないヤツじゃ。間抜けな表情をしおって……」

守護霊は、眉根をしかめながら、指先で井田を突いてみた。突いたと見えた指は抵抗なく体内にめり込んでいく。よく見てみると、少し身体が透明がかっていて、非物質化しているみたいに見える。

「まあ、連れて行って活を入れれば、正気に戻るじゃろう」

そう言う守護霊に対して、永井兵曹は、

「では、ここから『隼鷹』に移動させることにします。ありがとうございました」

「いやいや、ご公務ご苦労に存ずる。ご成功をお祈りいたす」

守護霊は、では、と言って去りかけたのだが、

「おお、言い忘れておった」

と、永井兵曹を呼び止めて、こう伝えた。

「本人、地上で、自力で少し道を開きおった。天上界の高き所からの援助を、取りつけるやもしれん。いかなる援助となるかは、未だ未定じゃ。まあ、楽しみにしてくだされ」

そして、しばし沈黙した後に、こうつけ加えた。

「今回のご公務、どうも一筋縄ではいかぬように思えてなりませぬ。これは守護霊の範疇を超えているとは思うのじゃが、いざという時には助勢に参ずる心積もりでおります。遠慮なく、お呼びくだされ」

永井兵曹は、

「達人の守護霊さまがいれば、それこそ百人力です。いざとなったらお願いします」

そして、ニッコリと笑みを浮かべて、

「ありがとうございました。では出発します」

威儀を正し、守護霊に挙手の礼を送った。守護霊も深々と返礼し、そのまま段々と、透明になって消えていったのである。


さあ行くか、そう永井兵曹が言うと、いつの間にかそこには、防水扉が現れている。ギギッという音を立てながら扉を開けると、そこはもう分遣隊本部前だった。

「さあ井田さん。我に返ってもらいましょうか」

そう、永井兵曹は言うと、いつの間にか腰に佩《は》いていた、降魔の剣を抜き放った。そして井田の正面に回ると、大上段に振りかざし、裂帛《れっぱく》の気合とともに振り下ろす。

「エイッ！」

光芒一閃《こうぼういっせん》、井田の周囲を押し包んでいたモヤモヤは消し去り、一瞬で意識を取り戻した井田は、キョトンとした表情を浮かべて呆然と立ち尽くしている。

剣を鞘に収めた永井兵曹は、

「さあさあ井田さん。その扉から中に入って、入って」

と、「隼鷹」艦内に井田を誘い入れたのだった。

一九八一年六月九日夜　三次元地上世界　東京都目黒区某所

里美は、それまで迷っていたのだが、思い切って母親に電話をしてみることにした。どんなにつらい現実でも、飾り立てたウソよりは、よほど美しいからだ。

「ああ、おかあさん？　里美です」

「どうしたの。何かあったの？」

「いえ、大したことないんだけど……、今日は大学で井田さんと話したの」

「井田さんって、あの埼玉のタケシちゃんかい？」

「ええそうよ。それで、井田さんから大変な話を聞いちゃったの」

里美は、母親の初枝に対して、事の次第を坦々と説明した。井田が巻き込まれた霊界での冒険。母親の許嫁が、未だに「陸奥」で苦しんでいること。そして、井田が応援を求めていて、救済のための供養を依頼してきたことなどを、簡潔に告げた。聞いた母親がショックを受けないように、配慮して少しトーンダウンして伝えたのだった。

聞いた母親は、しかし電話口で黙り込んでしまった。世の母親ならば絶対に口にするであろう、「何をバカなことを……」という反応を見せずに、娘から聞いた話を、不思議なことに事実として受け止めている。

実はこれには理由がある。彼女たちは、親子して霊的に敏感な体質をしていたのだ。これは「巫女《みこ》のような」体質だと言えば、分かりやすいかもしれない。理屈や理論ではなく、彼女たちは知っているのだ。「あの世」も「霊」も存在すると。そして彼女たちの霊的な直感は、この話を「本当」だと告げているのであった。しかも事態は、かなり切迫していることまでが、ビンビンと感じられるのだ。

「四〇年近くも暗い世界で……、あんなにいい人が……」

そうつぶやいた初枝は、かつての許嫁と最後に会った時のことを思い出していた。

昭和一八年、戦艦「陸奥」甲板士官の井田少尉が、最後に帰省した折のことである。

井田少尉は、休暇を終えて「陸奥」へと帰艦する前に、故郷の鎮守の宮である猿田彦神社に参拝したのだった。二礼二拍手一礼の古式に則《のっと》った拝礼の後、ふたたび合掌した少尉は、しばらくそのままの姿で祈りを捧げていた。

やがて瞑目を解き、合掌の手を元に戻した少尉は、一歩退いた場所で祈りを捧げていた初枝に向き直って、ニッコリと微笑んだ。

「井田さん、ご武運をお祈りいたします。そして、何とぞご無事で」

真剣なまなざしで言う初枝から、井田少尉は少し視線を外すと、心もち寂しそうな表情を浮かべて、

「初枝ちゃん、この戦争は、そう甘くはないよ。連合艦隊を全部すり潰すまで闘っても、五

分五分の講和に持ち込めるかどうかだ」

そこまで言った少尉は、初枝の眼を正面から見つめなおすと、改まった口調で決然と、

「この戦争が終わった時、多分オレは生き残ってはいないだろう。無駄死にしたいわけではないんだ。でも、ここでオレが生命を惜しんだら、この日本に未来がなくなるかもしれない」

そして、少し声をひそませて、

「オレの分まで幸福に生きてくれ。そのためにならオレは死ねるから」


あれから四〇年、許嫁は未だ命懸けの使命を果たし続けている。その事実を知っただけでも、初枝は呆然とする気持ちだった。

「おかあさん、井田さんのお兄ちゃんは多分、今晩にでもまた霊界に行くような気がするの。だからおかあさん、今晩祈ってくれない？　私も祈るわ。でも、おかあさんの祈りが、多分、一番大事だと思うから」

この世には、何ひとつも偶然はない。大きな救済の歯車が、またひとつ動き始めたようである。

ブリーフィングはオレが思ったよりも早く終了した。このチームは歴戦のベテランぞろいで、今までにも似たような任務を数多くこなしてきたのだという。だから、留意点だけを重点的にブリーフィングすれば、比較的に早く終われるわけだ。

「今回はフォーメーションCでやる」って、斉藤中尉が言っていたっけ。後で説明してもらわなきゃなあ。聞いた雰囲気だと、砲塔長を確保した後、彼をオトリにして甲板士官をワナに誘い込むような話だったみたいだ。まあ、オレは迷惑をかけないように、言われたことだけをこなしていこう。

しかし、始めのうちは、本当に面食らった。寝ていたはずなのに、気がついたら目の前に、先任下士官がニヤニヤしながら立っていたんだ。これで驚かないはずがない。しかも前後上下左右もないような変な空間にいて、目の前には軍艦の防水扉ときては、混乱するのが当たり前だ。だが、念願（？）の「隼鷹」にたどり着けて、救助に参加できるのだから、大成功といえば大成功だ。これで、吉岡隊長とも挨拶を交わせたし、作戦目標の確認もできた。

オレは、ブリーフィングの内容を思い出してみた。

入室してきたオレの姿を見た宮川大尉は、目を輝かせて、

「いや、本当にボーイスカウトだ！　私もスカウト指導者なんですよ！」

そう言うと、宮川大尉はオレに向かってボーイスカウトの三指の敬礼をした。

「戦闘三〇八の宮川大尉です」

思わず敬礼を返したオレは、つくづく宮川大尉を観察してみた。

どう見ても年齢は六〇歳を超えているだろう。頭髪は、すでにほとんど白くなっている。ただ表情と眼は少年のような輝きを保ち、笑みを浮かべたその目じりには、慈しみの滲んだしわが現れる。実に魅力的な大先輩だ。しかし、海軍大尉の戦闘機乗りがボーイスカウトの指導者だというのは、よく理解できない。戦闘三〇八飛行隊といえば、本土防空戦を戦った最後の艦隊航空隊だ。航空母艦を失っていたとはいえ、日本海軍に残された最後の空母艦載機部隊である。そんなバリバリの部隊に、お歳を召した指揮官がいるはずはない。それにスカウト指導者？　うーん、なんだか分からん。

「私はね、戦争で死に損ないまして、つい最近まで地上にいたんです。それでボーイスカウトの指導もしました。それがこの前に、やっと地上でのお役目も終わり、ようやく最近こっちの世界に来たばかりなんです。本来ならば、まだまだこっちのことを勉強しなければならない心境です。言葉を変えれば『魂のリハビリ』とも言えましょうか。オリエンテーションの最中なんです。しかしそれが、今回は特別な事情で、急遽お手伝いをすることになりました」

それからは、具体的なプランを練る時間を取った。最初のターゲットである第三砲塔長の島田兵曹長は、もうすでに地獄界から抜けることが可能な心境に達しているようだ。それは、オレと会話したことで決定的となったらしい。どうやら「死んだこと」と「地獄にいること」を納得したらしいのだ。

ただ問題なのは、甲板士官の存在だ。島田兵曹長は、甲板士官に対する恐怖で縛りつけられているようだ。彼の魂を救済するためには、この恐怖による「縛り」を解き放つ必要があることがまず第一、そして予想される甲板士官からの妨害への対処が必要なのが、第二に検討しなければならない問題だということになった。この二つはある程度解決の目安がついている。

しかし問題は甲板士官の方だ。彼は半分以上、闇の勢力に取り込まれている。オレが見ただけでも、舌が細く先別れしてまるで蛇のようだったし、形相も行動も「鬼」に近いといえるほどだ。「鬼」って、西洋的にいえば「悪魔」のことだったはずだ。そんなゴツイ存在を、どうやって救済するかだが、下手に手を出したら、こっちが救済される立場に追いやられそうだから、これは気をつけてかからねばならない。

「さきほど、宮川大尉は『真心と慈悲心をもって』とおっしゃいましたが、もう少し具体的に教えていただけますか？」

と、斉藤中尉が云った。

これが「慈眼」というのだろうか。宮川大尉の眼は優しさに満ち溢れているように見える。確かにこの人の慈悲心ならば、「鬼」といえども改心するかもしれない。

「私は、生前の彼をよく知っていますが、彼が単純に闘争と破壊の世界に堕ちているとは思えません。責任感と使命感が、彼の迷いの根本にあるのではないかと思うのです。そこに他の悪い者が感応して、彼を利用していると考えています」

と、宮川大尉が言った。

「なるほど、ではその悪い他者からの影響を排除さえすれば、甲板士官本来の光輝く部分と接触できると思えるわけですね」

分遣隊長が返事をすると、今度は斉藤中尉の方を向いて、

「以前にも確か同様の作戦を展開したことがあるはずだね?」

「はい。たぶん今回も実施可能だと思います」

と、斉藤中尉が答えた。

「では斉藤中尉。先任下士官とよく検討のうえ、その『闇からの遮断』を早急に実施してくれ。大尉ともよく相談するように」

分遣隊隊長は指示すると、全員を見渡して、

「質問がなければ、以上で終了する。支援の各隊とは緊密に連絡を取っておくので、緊急事態にはすぐに支援に入れるようにしておく。では、準備完了しだい作戦開始とする」

全員が勢いよくその場を立ち上がると、隊長に敬礼をして室外へ出た。出際に隊長がオレを呼び止めると、じっと眼を覗き込んで、

「井田さん。今回の出動では、あなたの出番があるように思えてなりません。それは、井田さんのこの世での経験や知識を使用するのではなくて、生まれる前から持っていた『力』を使うことになるでしょう。どうか、先入観念にとらわれることなく、潜在意識の力を解き放ってください。自分で勝手に限界を設定しなければ、無限に力は湧いてくるのです」

「隊長、私に何ができるのですか。それが分かりませんが」

オレが聞きなおすと、隊長はしばらく考えて、

「再び、腰の剣を抜くことになるかもしれませんね」

隊長は明らかに多くを知っているようだが、どうやらあえて言わないらしい。それは言葉の端々によく感じられる。知らない方がいいこともあるんだろう。

「がんばってみます」

と言ってオレは最後に会議室を出た。

思ったよりも準備の方は簡単で、あっけないくらいすぐに、チームの出動準備ができ上がった。まあ準備といっても簡単なのは確かだ。服装なんか一発で変えられるし（未だにどこでどうやって変えているのか分からない）、装備の準備もほぼ不要に近い。ややこしい装備

でも何でも、あの増沢兵曹のドラえもん背嚢さえあれば、どこでも簡単に出せるからだ。

オレは再び支給された雨衣を、ボーイスカウトの制服の上から羽織り、チーム全員と「隼鷹」の舷門に立っていた。最上甲板後部右舷にある舷梯―タラップの上だ。ここは飛行甲板の下にあたる。

「実はこいつらは皆、パートタイムなんよ。普段は別の生活をしとって、お呼びがかかると海軍軍人に戻るんよ」

と、先任下士官が言った。

「じゃあ、この仕事を専門でやっている人はいるんですか?」

オレは聞いてみた。

「ああ、専門でやっているのは、隊長に斉藤中尉、それにオレの三名だけやね」

と、先任下士官が答える。

「緊急呼集をかけて、本当にそのまま来させると、エライことになる時があってな」

先任下士官は、ニヤニヤと笑いながら続けた。

「皆、他にやることがあるやろ。そのやっているまんまの格好で呼んじゃうことがあるんよ。まあ、本当に急ぐ場合だけの話やけど、サッカーや柔道なんかのスポーツしてるやつが、そのままの格好で来たりするんや。一番笑えたのは、河童の格好やったな」

「え! 河童がメンバーに入っているんですか?」

オレは驚いて聞き返した。

「いやね、あの偵察員出身の尾川兵曹は、河童を指導する仕事をしとったんや。河童と同じような扮装をしたほうが、言うことを聞いてくれるんで、河童の扮装をしとったらしいんよ」

オレは、あの長身で痩せ型、眼鏡をかけている尾川兵曹を思い浮かべて、その姿にくちばしと頭のお皿、背中の甲羅と手の水かきを加えて想像してみた。確かにはまりすぎるくらい河童の姿にはまっている。

「あんまりその姿がきまってたもんやから、それからしばらくは『河童兵曹』って呼ばれとったよ」

先任下士官は笑いながら言った。

「河童なんて本当にいるんですか?」

オレはどうしても信じられずに、こう聞き返した。

「ああ、この世界には人魚だっているんやから、河童だって当然おるよ。まあこの辺りにはおらんけどな」

先任下士官が言った。

やはり霊界というのは広大無辺だ。よく分からん。けど河童はいるかもしれない。オレは尾川兵曹を見て、そう思った。

斉藤中尉を指揮官とする我がチームは、準備万端を整えて、舷門で内火艇を待っていた。前回は、降魔の剣を途中で配給したが、今回は最初から皆、剣を帯びている。任務の危険性が、ここらあたりからも読み取れる。その危険な地獄界の「陸奥」へと赴くために、再度ここから内火艇に乗り込むのだ。

菅野少尉の「スーパー内火艇」がいつ来るのかと、あの石油発動機の聞きなれたエンジン音を待っていたのだが、聞こえてきたのはどうも違うようだ。もっと力強い、ディーゼルエンジンの轟音が近づいてきたのだった。

艦尾を回って姿を現したのは、見るからに高速が出そうな小型艇だった。前回に使った内火艇とはまったく違う。

「おっ！　隼艇だ！」

陸戦隊出身の山上兵曹が、弾んだ声で言った。

隼艇といえば、魚雷艇や特攻艇の援護のために建造された戦闘用の小型艇で、ベースの魚雷艇から魚雷をはずして、機銃を主装備にしているはずだ。その姿をよく見てみると、艇首の両舷に一基ずつの二基、艇尾に一基の計三基、防盾付きの二五ミリ単装機銃が装備してある。間違いない、これはディーゼルエンジン装備の隼艇だ。たしか最高速力は一六ノットくらいだと思った。

「こりゃあ、張り込んだなあ！」

これもまた少し弾《はず》んだ声で、先任下士官が言った。

艇長の菅野少尉が、その腕の冴えを見せつけるように、見事に「隼鷹」に接舷してくる。あらかじめ舷梯の下で待機していた山上兵曹が、手際よくロープを扱って隼艇をもやった。

「総員、乗艇！」

指揮官の斉藤中尉が命じる。

海軍でフネに乗り組む際には、階級の低い者から先に乗り組むことになっている。そして、降りる時には逆に、エライ人から先に降りるのだ。だからオレは、どの順番で乗り込めばいいか少し逡巡したのだが、先任下士官が助け舟を出してくれた。

「井田さんは、私の前に乗ってください」

「はい分かりました」

オレは答えて舷梯を降りていった。舷梯の高さは人の背の三倍くらいだろうか。人ふたりが、やっとすれ違えるくらいの幅しかない。海側に手すりはついているが、なれない人間には少し怖く感じてしまう。

舷梯に着いた隼艇は、金属製らしく重々しく頼もしい。三基の二五ミリ機銃が、その重々しさに拍車をかけている。オレはいわれた通りに先任下士官の前に隼艇に乗り移った。確かこのフネは一〇名が定員のはずだから、七名のチームに艇長、それに連絡士官の宮川大尉とオレで、ちょうど定員になる。これで任務が成功したら、帰りは二人増えることになるが、機銃の配置にでも就けておけば、スペース的には余裕があるはずだ。

覗き込んだ操縦席は、あの「スーパー内火艇」と同じく大改装されている。「レーダー」に「魔探」、近未来的な通信機器、それに空調システムと、もう異次元の隼艇だ。でも装備されている機銃だけは、オリジナルに見える。天国のフネなのに、機銃で何かをやっつけるのかなあ、銃弾は入っているのかなあ、などと疑問点は尽きない。まあ、この世のことも完全には知らないんだから、あの世のことなど分かりきることなどありえないんだろう。

「井田さん、何度もご苦労さまです」

艇長が、オレに向かって挨拶してくれた。

「またお邪魔します」と挨拶したオレは、続けて質問したくてしかたがない。それが顔にでも出ていたんだろう。あるいは爛々と光るマニアの眼光だろうか。

「ご質問でもありますか？」

と、艇長が云ってくれたのだ。

「艇長、このフネ何ノットまで出ますか？　オリジナルの隼艇は一六ノットくらいですよね」

オレの質問に、艇長は答えた。

「三〇ノットは出ると思います」

「じゃあ、エンジンに手を加えてあるんですね？」

「この隼艇は、オリジナルのディーゼルエンジンに改造を加えてあります。ターボをつけて馬力を大幅に向上させているんです。それだけではなくて、燃料噴射システムにも手を加えてありますから、そうですね、馬力はざっと二倍は出ているでしょう」

「艇長、このフネを持ってきたということは、『神通』とのデットヒートも想定されたんですか?」

オレの質問に、また艇長が答える。

「上からの情報で、私がそう判断しました。魚雷艇を使用しなかったのは、万が一の魚雷の誘爆を懸念してです」

確かに、機銃弾が命中しただけでも、魚雷の弾頭が誘爆する危険性は捨てきれない。まあ「神通」の一四センチ砲弾が命中すれば、こんな小さな三〇トンにも満たない小艇なんか、消し飛んじゃうんだろ。

舷梯にもやってあったロープを、山上兵曹が解き放つのを確認すると、艇長の菅野少尉がいつもの落ち着いた雰囲気で言った。

「発進します」

艇長がスロットルを押し込むと、隼艇はディーゼルエンジンを咆哮させて、轟然と発進した。転舵してコースに艇を乗せると、艇長が報告した。

「まっすぐに『奈落の門』に向かいます。到達所要時間は五分です」

奈落の門だって？　何だかとってもイヤーな気がするなあ。

「隼鷹」を振り返ると、いつのまにか、隊長の吉岡少佐が舷門に立って、こちらを見送っている。隊長は遠ざかるわれわれに対して、帽子を取って振りはじめた。海軍の別れの挨拶「帽ふれ」である。一同、敬礼をもってこれに応答した。もちろんオレはボーイスカウトの三指の敬礼でだ。

隼艇は右舷後方の舷梯から出発して、そのまま転舵して離れていく。

しかし、「隼鷹」はきれいな艦だ。もともとの豪華客船を髣髴とさせる艦体のライン、なんとも流麗だ。その流麗さを削ぐようではあるが、各種の高角砲や機銃、それを取りつけてあるスポンソンなど、戦うフネとしての迫力はものすごい。しかし、艦上に人影はまったくない。「陸奥」でも人影はなかったが、あっちのお化け屋敷のような無人の雰囲気とは違って、「隼鷹」は平和で満ち足りた感じだ。一体何が違うのだろう。

艦の外側の色「舷外色」は、俗に言う「軍艦色」でねずみ色に塗られている。確か大戦後期には、空母には緑色をベースにした迷彩が施されていたはずだ。終戦まで生き残った「隼鷹」には、緑色の迷彩塗装が施されていたはずだが、塗りなおしたのだろうか。これも、人間の服装と同じか？

「艇長、『隼鷹』は迷彩を落としてあるのですか？」

オレの質問の答えは、予想通りだった。

「『隼鷹』にとって、一番輝いていたころの状態で存在しています。たぶん『南太平洋海戦』の頃でしょうから、まだ迷彩されていないはずです」

なるほど、「霊界では、思った通りになる」は、軍艦でも同じなんだ。しかし、この軍艦色、少し明るいんじゃないかなあ。ちょうど、揚子江あたりの任務に就いていた「遣支艦隊所属艦」に塗られていたような、あの明るい色調に近い。「天国所属艦隊」も「遣支艦隊」と同じ塗装なのかな。まあ明るい方が、より天国的であることは間違いない。

「井田さんは、ボーイスカウト隊の隊長ですか？」

笑みをたたえて、宮川大尉が質問してきた。服装はいつの間にか、他の隊員と同じく黒の第一種軍装に身を包んでいる。

「はい、去年からボーイスカウト隊の隊長です。その前は副長でした」

オレはそう答えた。

「そうですか。じゃあ子供の頃からのスカウトですね」

大尉はうれしそうに言った。

オレは「はい」と言ってから、逆に大尉に質問してみた。

「大尉は先ほど、地上の人生を終えたばかり、とおっしゃってましたよね？」

「そうですね、地上の時間にして、三年ほど前になりますでしょうか。交通事故でした」

大尉は淡々と言った。

「その後はどうされたんですか?」

人が死んだ後どうなるか、これは誰も教えてくれない。経験者も地上には(ほとんど)いないはずだから、「死後の実相」に関しての知識は、かなり知的好奇心を掻き立てる。

「私はね、自分が死んだことが、すぐに分からなかったんです。何せ事故って急に起きるじゃないですか。心の準備も何もなくって、何が何だか分からなくなっちゃったんです」

「それで、どうなったんですか?」

オレは続きをリクエストした。

「気がついたら、誰も自分のことを相手にしてくれないんですよ。何を言っても反応しないし、絶対的な無視をされているんです。どうやら私は死んでからすぐには気がつかなくって、意識が戻った時には葬式も納骨も終わっていた後だったんです。自分の葬式の現場でも見ていれば、もしかしたら死んだことに気がつけたかもしれません。ですから私は、死んだなんてまったく思えませんでした」

「でも、その状態からどうやって気がつけたんですか? ご自身が亡くなったことを」

宮川大尉は、少し遠くを見つめるような表情を浮かべてから、

「戦友が、部下たちが迎えに来てくれたんですよ。『隊長! お久しぶりです!』って、戦死した部下たちが来てくれたんですよ。私が拙劣な指揮をして、いっぱい部下を犠牲にしたのに、あいつらは私のところに来てくれたんです。『隊長! 何やってるんですか!』って

言って」

宮川大尉の眼は、少し潤んでいるようだった。

「いいやつらでした。明るくって強くって、そして勇敢なやつらでした。大戦の後半になると、空でももう押されっぱなしで、歴戦の搭乗員が、くしの歯が欠けるように、一人また一人と落とされていくんです。そんな負け戦でも最後まで頑張りぬいた、本当に純粋で素晴らしい部下たちでした。その彼らが迎えに来てくれたんですから、迷いなんか吹っ飛んじゃいました」

そして大尉は、しばらくしてからこう言った。

「だから、今度は私が救う側に回りたいんです」

「前方に『奈落の門』の入り口が見えます」との、落ち着いた艇長の報告が来たので、オレも前方をのぞいて見た。これまでは完全に海だけで、陸地の影すら見えなかった。それが確かに陸地の影だ。建物も人影も一切ない、無人の広漠とした陸地が見える。しかしその一ヶ所に、大きな亀裂のような谷がある。イメージとしては呉軍港の手前の狭い水道「音戸の瀬戸」に似ているだろうか。

段々と接近してくると、その異様さが際立って見える。右岸も左岸も切り立った崖で、駆逐艦が一隻、何とか通れるくらいの幅だけ、水路が広がっている。草一本生えていない崖である。

水路に突入してみると、それまで天上界の明るい海の様相は一変し、暗く陰気な印象に満ちてきた。

「『奈落の門』に進入！　総員、両岸を警戒！」

艇長の緊張した声が飛ぶ。

「通過後は、令なくして戦闘配置！　緊急事態に備えよ！」

艇長の命令にも緊迫感が増す。

水路を進むにつれて、両岸の崖はますます高くそびえ立ち、水路はドンドンと狭まってくる。真昼の明るさはすでになく、夕暮れ時のような寂しい雰囲気になってきた。温度もどんどんと下がってきているようで、心細さもいや増してくる。

「この『奈落の門』は、いつ通ってもイヤだねえ」

周囲への警戒を怠らない先任下士官が、いかにも嫌そうに言った。一体、この先、どうなるんだろう……。

やがて左右に迫る崖は、頭上を覆いつくしたようで、入り口のある後方だけに、光がぼんやりと見えるだけとなった。

「さあ、そろそろ来るぞ……」

先任下士官が、預言者のごとくに言ったその時、艇長が大声で叫んだ。

「まもなく『奈落の門』！　総員、何かにつかまれ！」

何が起こるのかと、息を呑むと、艇首が少しグラリと揺らいだような気がした。「あれ?・」と思った瞬間、隼艇は、艇首を下にして沈み始めたのだ。

「あ！　浸水！　沈没か！」と思ったのだが、そうではなかった。隼艇はまるで滝から落ちるようにして、漆黒の闇の中を、艇首から落下し始めたのだった。

「ギャー！」

ジェットコースターですら、怖くて乗れないオレにとっては、これは地獄の苦しみだ。恐怖の叫び声を出すくらいは、当然のことである。根性なしと言わば言え。


さて、どのくらいの距離を落ちたのだろうか。感覚としては、地球の真ん中まで落ちたような気がしたくらいだった。やがて不思議なことに落下の速度が落ちてきたような気がするとともに、暗闇に眼が慣れてくると、周囲の景色が見えるような気がしてきた。

そうするうちにやって来たのは、ものすごい衝撃と、艇が跳ね上げた海水が、頭上から降ってくる冷たさだった。

この海は、「隼鷹」の浮いていた、あの明るく天国的な海とは絶対に違う。それだけははっきりとオレにも分かった。

そうだ、あの暗い「陸奥」の海にやってきたのだ。

気がつくと、フネは猛烈にがぶっていた。見渡した海は、かなり荒れている。海の色も鉛色に近く、先ほどまでいた「隼鷹」の海とは大違いだ。雲は低く垂れ込めているが、前回のように濃霧で塗り込められるようなことはない。視界もそれなりに開けているから、今度は「神通」からも容易に目視できるだろう。ただ、空気が重く感じるのは前回とまったく同じだ。気体というよりはエーテルのような感じだろうか、あるいはジェルのようだといってもいいほどに、何となく気持ちが悪い空気である。時化の海に低い曇り空、さらに風も吹いている。六月だというのに、何とも冷たい風だ。しかも雲の層が厚すぎるのだろうか。昼間なのに、夕刻のように暗く寒いのは、前回と同じだ。やはりここは地獄なのだ。

考えてみると、フネにはめっぽう弱いほうで、伊豆七島へ行く東海汽船の二〇〇〇トンクラスのフネでも、東京湾から外海に出たとたんに吐き気を催すほどだ。しかし、ここ霊界では肉体がないせいか、波やうねりが高かろうとも、大して気ならない。不思議なことに三〇トン未満の小艇で、木の葉のように揺られていても、吐き気ひとつ催さない。

しかし、この荒れた海で速力が乗ってくると、この小さな艇ではけっこうな衝撃がある。うねりの上のたびに、どうしても小さなジャンプを繰り返す。「ドン・ドン・ドン」という衝撃が、ずーっと繰り返されるわけだ。これはなかなか腹にこたえる。

その時、艇長の菅原少尉が、緊張した声で緊急事態を宣言した。

「『魔探』に感あり！　本艇から左九〇度。急速に接近してくる」

そして、双眼鏡で左舷を索敵していた菅原兵曹が、大声で報告した。

「左九〇度、フネ！　炎上しています！　四本煙突の軽巡洋艦……、『神通』らしい！　本艇の進路を阻止するための、もっとも有効な進路を取っています」

「『神通』は電探を装備したかもしれませんね」

対勢観測をしている斉藤中尉が言った。

艇長の菅野少尉は、魔探のスコープをのぞきながら、

「現在の状況のままならば、何とか振り切って『陸奥』に到達することは可能だと思います」

ひとつうなずいた斉藤中尉は、宮川大尉に向かって、

「一応、万が一を考えて、航空援護をお願いできますか？」

「了解した。すぐに呼ぼう」

と答えた宮川大尉は、無線機に向けて呼びかけた。

「こちら宮川一番。直援隊発進せよ。こちら宮川一番。直援隊発進せよ」

指示を終えた大尉は、斉藤中尉に、

「直援隊発進した。まもなく上空直援の配置に就く」

前回は濃霧に閉ざされていたから、霧にまぎれて「神通」を回避することができたが、今回は視界がよすぎるし、電探装備の可能性もあるから、条件としては厳しい。しかし視界がいいことによって、航空援護を得られるから、差し引きゼロってところだろうか。

双眼鏡を手に「神通」を観測していた菅原兵曹が、大声で報告する。

「発光信号！　『神通』からです！　読みます！　……ワレ神通　停船セヨ！　以上です！」

「菅原兵曹、返信、ワレ隼艇二〇二号、特殊任務遂行中」

斉藤中尉が命じると、（ドラえもん背嚢から取り出してもらったのだろう）いつの間にか手にしているオルジス信号灯で、菅原兵曹はカチャカチャと返信する。

しばらくして、また「神通」からの返信が来る。

「『神通』から返信です！　読みます……」

と菅原兵曹が言いかけるのを斉藤中尉が制して言った。

「どうせ分かるから読まなくてもいいよ。停船セネバ撃沈スル、だろう？」

ニヤリと笑いながら、斉藤中尉が、

「さあ艇長！　しっかりと逃げ切ってくれよ！」

「井田さん、念を押しとくけど、あんた変なことを考えたりせんでよ」

と、先任下士官が言った。

「何ですか？」

オレがたずねると、先任下士官はこう答えた。

「隼艇がエンジン故障なんかしたら、『神通』の餌食やから、変なことを考えないように、ということや」

一体、どういうことなのか分からないオレに、先任下士官が真顔に戻って説明してくれた。

「井田さんの『あの一撃』の威力を考えると、心のコントロールを心がけてもらったほうが間違いないんよ。ずいぶんと『念《おも》いの力』を発揮できるようになったから、事によったら、その『念いの力』でエンジントラブルのイメージでも出されたら、隼艇が立ち往生する可能性があるかもしれないんや。井田さんも、霊界でたくさんの体験を積んだから」

しかし、「心のコントロール」なんて、今まで考えたこともない。それに「考えるな」何て言われると、かえって「考えちゃいけないんだ」とアセってしまう。そういえば、映画の「ゴーストバスターズ」でも、そんなことがあったはずだ。「考えない考えない」と必死になっても、かえって思いがポコっと湧いてきてしまう。

よし、エンジンのことなんか絶対に考えないぞ。こんなに快調に回っているんだし、改造もしているから絶対大丈夫。ああ！　いけないいけない！　エンジンのこと考えてるじゃないか！　頭を空白にして、……そうそう「順調順調」、これだけを思っていれば大丈夫、大丈夫。

ひとつのことを考え続けることは至難の業だし、何も考えないというのはもっと困難だ。高僧名僧が禅定に入るようには、凡人ではそうそう上手くいかない。どうしても思考はアッチコッチに飛んでしまう。そして、いったんそうなってしまうと、もはや宗教修行でもしていないと収集がつかなくなる。いつでもそうなのだが、破局は常に急に訪れてくるものだ。

（こんなに快調なエンジンなんだから……）

と、思ってしまったのが運のつきだった。

（本来の隼艇のエンジンは、メチャクチャ調子が悪かったんだよな）

ゲゲゲ！　ついに考えちゃった！　しかもオレはご丁寧に、ほんの一瞬のことだが、エンストする映像までイメージしてしまったのだ。

その「思い」を出してしまった瞬間、それまで快調だった隼艇の改造ディーゼルエンジンは、急に咳き込み始めてしまったのだ。やべぇ！

エンジンが不調になり、隼艇の速度が目に見えて低下すると、全員が冷ややかな視線をオレに向けた。

「井田さーん、あんた思っちゃったでしょうー。仕方ないなー」

先任下士官が、さも「あきれた」というふうに言った。

スロットルを押したり引いたりと、ばたばたと操作していた艇長は、やがて電探をのぞいて少し考えてから、

「この速度だと逃げ切れません。逃走は不可能です。『神通』に捕捉される可能性があります」

あくまで菅原艇長は沈着冷静だ。

オレは責任を感じてしまい、必死で「回復！　本調子！　快調！」と念じるのだが、あせ

ればあせるほど、具体的にイメージすることなどできない。精神統一などまったく不可能だ。変な思いが次から次へと湧いてしまう。「快調なエンジン」のイメージを何とか映像化してみようと思うのだが、出てくるのは関係のないものばかりだった。田舎の景色に、食べなれたカツどん、ピンクの象までが出てきたのには、我ながら本当にあきれた。オレはアル中か？

エンジンは相変わらず咳き込んでばかりだ。速力は一〇ノットも出ているだろうか。抗戦しようにも二五ミリの豆鉄砲が三基、相手は一四センチ砲だから、完全にアウトレンジされて勝負にもなにもならない。これで魚雷の落射機でもついていれば、「魚雷戦！　目標、反航する『神通』！」などと、景気のいい命令も下せようが、考えてみればそれでは「味方打ち」になってしまう。

「『神通』が発砲するようでしたら、即座に回避行動を取ります。危ないですから、何かにつかまっていてください」

と、艇長が云った。

「これほど見事なタイミングで出現するんだから、『神通』を操っているやつがいるかもしれない。かわいそうになあ。相変わらず戦闘旗を揚げて……」

斉藤中尉が双眼鏡で「神通」を見ながら言った。マストのトップには、確かに戦闘旗が揚がっている。前回見た時と同様、軍艦旗の赤い線は、炎でできているようだ。怒りの炎が、ゆらゆらと揺らめいている。

「そろそろ直援隊が到着する時間です」

宮川大尉が言った。

「戦闘機が来てくれれば、何とかなるかもしれんね」

先任下士官は言ったが、続けてオレに念押しした。

「今度は、零戦のエンジンを止めないでな」

オレは頭をかいてコクンとうなずいた。

「『神通』発砲！」

菅原兵曹が叫ぶ。

急速に転舵する艇長。グッと身体が旋回の外側に向かって押しつけられる。

燃える「神通」に眼を向けると、艦首に一門残った主砲が発砲した様子で、黒い発砲煙が後方にたなびいている。

（「神通」の一番砲か……）

オレは、「神通」が沈没した、コロンバンガラ沖夜戦に思いをはせてしまった。自分が実際に彼らから砲撃を受けながら言うのも、実に変な話なのだが、この一番砲の砲員たちは英雄だったのだ。もちろん、戦後日本人のほとんどが知らない話だし、その砲員たちの名前すら分からない。

史実では、「神通」は米巡洋艦三隻の集中砲火を浴びて全艦炎上するが、一番砲のみは発砲を継続、米駆逐艦にトドメの雷撃を受け、二つに折れて沈没するその瞬間まで、避退することもせずに発砲し続けたのだった。

その英雄たちが未だに発砲している。彼らの、鬼人も哭《な》かしめる奮戦が評価されることはない。それどころか、日本人のほとんどが、まったく知りもしないのだ。そして報われることのない彼らは、未だに戦鬼のまま、こうして発砲を続けているのである。オレはその悲しさに涙がにじんできた。

しかし、オレの感激やら同情やらにはかかわりなく、一番砲の弾着は正確だった。海面へ弾着した一四センチ砲弾は猛爆発を起こし、水柱を上げている。さすがに帝国海軍だ。初弾から正確無比な弾着を見せてくれるじゃないか。しかし、よく考えれば、感心している場合ではない。艇長の回避行動がなければ、命中していたか、悪くても至近弾になっていたはずだ。こんな小艇では至近弾も恐ろしい。破裂した弾片で損傷すれば、浸水して容易に沈没してしまうだろう。

「徹甲弾じゃありませんね。あれは三式弾だと思います」

後部二五ミリ機銃の配置に就いていた安立兵曹が言った。彼は砲術科出身だそうだ。徹甲弾とは、装甲を破る硬い砲弾で炸薬は少ない。大きな軍艦と砲戦する時に使う砲弾だが、商船など装甲していないフネだと、爆発しないで反対側まで突き抜けたりする。

一方、三式弾とは対空用の砲弾で、爆発すると無数の弾片が広い範囲に飛び散るようになっている。だからこんなフネを相手にするにはちょうどいいわけだ。だから三式弾を使ったのだろう。

「三式弾じゃあ、至近弾を食っただけで沈みますね」

艇長が冷静に言った。

「艇長！　しっかり回避してくれよ！」

斉藤中尉が叫ぶ。

「神通」は次々に発砲を繰り返す。必死で回避を続ける隼艇。立て続けの弾着による水柱で、おびただしい海水を浴びてしまい、全員びしょぬれの状態だ。

「こりゃあ、砲側照準だな。方位盤射撃じゃなさそうだ。これなら当たらんだろう」

と、砲術科出身の安立兵曹が言った。

方位盤とは、一種の機械式射撃コンピューターだ。今回受けている射撃が、その方位盤による、統一された射撃ではないと、安立兵曹は言っているのだ。砲側照準の射撃では、距離は分かるだろうが、経験と目分量で撃っているのと変わらない。これでは命中率はガタ落ちになるのだ。

だがこちらが一〇ノットしか速力が出ないままでは、間違いなくいつかはやられる。どう考えても、こりゃ絶体絶命だ。後は航空援護だけが頼みとなってしまった。

「右三〇度に飛行機！　……三機います……、零戦らしい！」

と、報告する菅原兵曹。

その方角は、雲が海面近くまで垂れ下がって蒙気《もうき》が立ちこめている。零戦隊はどこから来たのだろうか。オレがそちらに眼を向けると、三機編隊の零戦がまっすぐこちらに向けて飛んでくるのが眼に入った。

無線機に向けて、宮川大尉がうれしそうに言った。

「待っていたぞ！　阻止攻撃だ。全弾ぶち込んでやれ！」

隼艇の上をバンクしながら低空でフライパスした零戦は、見事に緊密な三機編隊を組んでいた。なかなかの技量だ。宮川大尉が乗ってきた零戦とまったく同じ仕様のようだ。垂直尾翼の機番号は確認できなかったが、たぶん同じ部隊、六五三空の戦闘三〇八飛行隊だろう。

だが、見慣れない複数の光の塊が、両翼の下にある。あれは何だろうか。

「大尉、あの光は何ですか？　ちょうど小型爆弾を懸吊する場所のようですが」

私は質問してみた。

宮川大尉は、ニッコリと笑って、

「光爆弾です。降魔の光が凝縮しているんです。あの爆弾は物理的な損害を与えることはありません。ただし、闇の勢力に対しては絶大な降魔の力があります」

隼艇の上空を低空でフライパスした零戦隊は、見事な上昇をすると編隊を解き、一直線の突撃隊形である単縦陣を組んで、「神通」めがけて緩降下に入った。急降下爆撃が専門の艦上爆撃機ならば、もっと深い降下角を取るのだが、戦闘機ではそうはいかない。もっとゆるい角度で爆撃進入するのだ。

急に現れた戦闘機の攻撃機動に驚いたのであろうか、「神通」の主砲の射撃は途絶えたが、代わりに生き残った二五ミリ機銃が火蓋を切った。煙突周辺からオレンジ色の光を放つ「曳痕弾」が天空に伸びていく。だが猛烈に炎上する艦上からでは、正確な射撃などできようはずもない。三機の零戦は何らの脅威も受けずに、次々に突撃していった。

「井田さん、『神通』の炎上する背後に黒い影が見えますか?」

宮田大尉がオレに質問してきた。

そう言えば、前回「神通」に追っかけられた時も、そんなことを誰かに言われた気がする。曳痕弾を打ち上げている「神通」を、目を凝らして見ていたら、段々とモヤモヤが見えてきたような気がする。

「あのモヤモヤを攻撃するんですよ」

と、大尉は教えてくれた。

「あれは何ですか? 『魔』なんでしょうか?」

質問したオレに対して、大尉は断言した。

「そう、あの黒いモヤモヤが『魔』です。あいつが『神通』を操っているんです。これからウチの零戦隊が、すっかり消し飛ばしてやりますよ」

最初に突撃した一番機が、機銃の射撃を始めた。翼内の二〇ミリ機銃ではなくて、どうやら機首の七・七ミリ機銃のようだ。機銃の曳痕弾が「神通」に吸い込まれていく。その弾着を確認した次の瞬間、左右の翼下から三本ずつ、計六本の光の奔流がほとばしり、「神通」めがけて吸い込まれていった。命中のたびに「神通」は、次々と大爆発して閃光を発する。

「あれはロケット弾の一種で、弾道特性が七・七ミリ機銃弾とほぼ一緒なんですよ。だから、ロケット弾本体を発射する前に、七・七ミリ機銃を射撃して命中させておけば、ほぼ百発百中なんです」

と、宮川大尉が教えてくれた。

三機の零戦は順番に突撃していった。彼らの連続の攻撃によって、おびただしい光が「神通」を覆いつくす。

（どれほどひどい損害を与えたのだろうか）

オレがそう心配するほど、零戦隊の攻撃は猛烈な閃光を発していたのだ。

やがて、その攻撃による爆発の閃光が、全て収まった時、オレの眼に見えたのは、思いもよらない光景だった。破壊しつくされて、炎上しているはずの「神通」の姿は、なぜだかそこにはなかった。大火災は不思議なことに鎮火していたのである。さらに、「神通」の背後に見えていた黒いモヤモヤも、いまや全て消滅している。

「神通」は完全に停止していた。これまで感じられたあの悲劇的な雰囲気はもう存在しない。闘争と破壊の波動も消えうせてしまった。どうやら今の「神通」は、闇の勢力から開放されている様子である。マストのトップに翻っている戦闘旗に、今は「炎」は見えない。戦後の四〇年間、戦い続けてきた「神通」は、今だけかもしれないが、戦いから解放されているのだ。

攻撃を終えた零戦隊は、上昇して編隊を組みなおすと、しばらくは「神通」の周囲を旋回しながら、その状態を観察していた。しかし、攻撃の効果が甚大で、闇の勢力が駆逐されたことを確認すると、隼艇の上をバンクしながらもう一度フライパスした後、急上昇して高度を稼いだ後に、機首を突っ込んで編隊宙返りを始めた。魔の駆逐を喜ぶ、勝利の宙返りだ。緊密な編隊をピタリと組みながら、三回連続で見事な編隊宙返りを見せた後、もう一段高度を下げて、また編隊宙返りを三回行った後、バンクしながら「次元の門」に向けて飛び去って行ったのだ。隼艇に乗り組んでいるわれわれは、千切れるほどに帽子を振って、飛び去る彼らに対して感謝の念をささげた。

「なかなかやるのう、あいつら」

さも嬉しそうに言う、先任下士官。

「あいつらは皆、本土防空戦で逝ったやつらです。飛ぶことが好きで好きでたまらないヤツラです。こうして平和な空を飛べて、しかも救済につながるんですから、本当に最高なんじゃないですか」

宮川大尉は満足そうに言った。

思いというものは、何とも摩訶不思議なものだ。エンジンを回復させる思いを、どうしても出すことができなかったのに、零戦隊の鮮やかな攻撃を見ていたら、触発されたのだろうか。どうやら完璧に前向きなイメージを持つことができたようで、現在、オレが不調にしたはずのディーゼルエンジンは快調そのものである。まあもっとも、もう高速発揮はする必要がないのだが。

隼艇はスピードを落として、漂流する「神通」を観察している。

「さてどうします？　接舷して救助しますか？」

艇長の菅野少尉が、斉藤中尉に対して言った。

「デッキが高いから移乗は困難だね。それにまだ戦闘旗が降りてないから、下手に移乗したりすると、戦闘になるかもしれない」

斉藤中尉が言う。

「『打ち方やめ』とか、『戦闘やめ』とか『合戦準備用具納め』とか、命令できる人はいないんですか？」

オレが聞いてみた。

「ああ、そう言えば、『神通』には将旗*が揚がってないね」

と、宮川大尉。

「神通」沈没時には、第二水雷戦隊司令官の海軍少将が座乗して、マストには少将旗が揚がっていたはずだ。確かに今の「神通」には少将旗は揚がってない。史実では、コロンバンガラ沖夜戦で、「神通」は早期に艦橋に被弾、司令官以下の幹部は全滅しているはずだ。しかし現在の「神通」には、司令官が座乗していないということなのだろうか。


〔＊将旗＝海軍少将以上の提督が座乗している時に、軍艦に掲揚する旗。少将、中将、大将の階級によって旗のデザインが異なる〕

さてどうすれば戦闘行動を中止させられるか、皆、頭をひねって考えたのだが、どうしてもいい考えが浮かばない。また一四センチ砲で射撃されたんでは、元も子もなくなる可能性があるはずだ。

その時、見張りをしていた菅原兵曹が叫んだ。

「右三〇度にフネ！　駆逐艦らしい！　こちらに近づく！」

全員、驚いてそちらの方向を見る。零戦隊が出現した方向だ。オレも急いで見てみたが、いつの間にか双眼鏡を手にしていた。けっこうオレも霊界に慣れてきたもんだ。

双眼鏡で見ると、蒙気を突いて軍艦が出てくる。確かに駆逐艦らしい。蒙気が全体像を隠したままだから細部は分からないが、マストのトップに赤いものが見える。

「え、また戦闘旗を揚げたままの新手か！」

緊張が走った。

「駆逐艦は友軍！　マストに少将旗が見えます！」

との菅原兵曹の報告に、ホッとした空気が流れる。

「隊番号と艦名が見えます！　『第一六駆逐隊』、『雪風』です！」

と、菅原兵曹が言った。

「『一六駆逐隊』と言えば、旗艦『神通』の下で、コロンバンガラ沖夜戦をともに戦った第二水雷戦隊の所属だったはずだ」

斉藤中尉が言う。

「それならば、マストの少将旗は、二水戦の司令官かもしれませんね」

菅野少尉が言った。

「司令官が、自分自身で『神通』を救いにきたんだな」

宮川大尉が感慨深げに言った。

「司令官が『神通』に移乗すれば、戦闘行動は中止させられますよね」

と、先任下士官。

「なるほど、『第一六駆逐隊』が支援するというのは、これがあったからなんだ」

感心するように斉藤中尉が言った。

双眼鏡で眺める「雪風」は、「隼鷹」と同じように、少し明るめの外舷色をしている。そして戦時には塗りつぶされていた舷側の標識が、ふち付の白い塗装でくっきりと記入されている。標識は艦首に「16」という数字、これは「第一六駆逐隊」所属艦であることを表している。そして艦の中央部にはカタカナで「ユキカゼ」と右から書いてある。さらに第二煙突には一本の白線。これは「第二水雷戦隊の一番隊」という意味だ。そして当然のこと、艦全体から、淡いオーラの光が発している。「天国艦隊所属艦」である標識(?)だ。

そこで再び菅原兵曹が大声で報告する。

「『雪風』から発光信号です!……、読みます!……、司令官より指揮官!……。本文……、『ワレ、タダ今ヨリ、神通ヲ救済セントス。貴隊ノ任務成功ヲ祈ル』……。以上です!」

「よし、返信……。『神通』救済ノ成功ヲ祈ル!」

斉藤中尉の指示を受けて、菅原兵曹はオルジス信号灯をカチャカチャいわせて、「雪風」の司令官に返信した。

通りすぎる「雪風」の艦橋を、双眼鏡で見てみると、艦橋の横の張り出しの部分に、いかにも高級士官らしい人物がいる。彼はこちらに向けて直立し、敬礼を送っていた。

「斉藤中尉、司令官が敬礼してくれてますよ」

オレが言うと、斉藤中尉は威儀を正し、「雪風」に向かって見事な挙手の礼を送り、小声でこうつぶやいた。

「司令官、一人でも多くの救済を祈ります」

やがて「雪風」はマストに信号機を揚げた。

「国際気流信号です。『ワレ救助活動中』」

菅原兵曹が報告した。

「雪風」は行き足を止めると、「神通」に見事に接舷した。しばらくして少将旗が「神通」のマストに揚がり、代わって戦闘旗が降ろされていく。

「でも『神通』の闇は濃いから、一回で全部は救えないだろうなあ」

そう言う宮川大尉に、斉藤中尉が答えた。

「怒りの炎があれだけ出ると、一旦消してもまた燃え上がるんです。消すたびに多少は救済できるんですが、全体の救済には及びません」

「じゃあ、また『神通』は戦い続けるんですか」

そう聞くオレの質問に、今度は先任下士官が答えた。

「ソロモンで沈んだ米海軍の巡洋艦と、今でもよく戦っているみたいやね。あっちも随分と損害を出したから、まだ成仏しない軍艦があるんや」

「まあ今回は、司令官自らが救済に来てくれて、また一歩の前進です」

と、指揮官の斉藤中尉。

「さて、これで一段落ですね。『陸奥』に向かいます！」

艇長の菅野少尉は、そう言うと、スロットルを押し込んで加速し、進路を「陸奥」へと取ったのだった。

第六章——「陸奥」後甲板の決戦

航空母艦「隼鷹」

「では、最後の確認を行う……、先任下士官！」

斉藤中尉が先任下士官に指示すると、最後の確認が始まった。

「今回は、『フォーメーションC』だ。私が、宮川大尉と井田さんを帯同して、砲塔長の島田兵曹長を確保する間に、残余は指揮官の指揮の下、トラップの『結界』の準備をなすように。連絡はお互いに密に取るようにする。質問は？　……なければ終了する！」

オレは、ドラえもん主計兵曹の増沢さんに、ひとつお願いをしてみた。

「あのー、何でも取り寄せられますか？」

「ええ、たいていは大丈夫ですよ」

増沢兵曹はニコニコしながら答えた。

それではと、オレはひとつ出してくれるようにお願いしてみた。

「似たようなのなら何でもいいですから」

背嚢から、リクエストした品を簡単に取り出した増沢兵曹は、

「こんなのでいいですか？」

「ええ！　これなら最高ですよ」

よしよし、これで小道具はばっちりだ。細工は流々「天もご照覧あれ」ってなもんだ。

前方に見えてきた「陸奥」、さすがに非常な迫力がある。空母も乾舷が高いから、それなりに巨大なのだが、戦艦の迫力はそれとはまた異なるようだ。やはりその巨砲は迫力満点だし、聳え立つ艦橋は、まるでバベルの塔のようだ。禍々しい暴力を内に秘めたその「陸奥」は、日本的優雅さを感じさせるその外見で、見るものをだましているかのようだ。現実に彼女の体内では、いまだに多くの魂たちが、苦しみに呻吟しているのだから。

隼艇は、「陸奥」の左舷側を艦首の方から接近していって、ぐるっと前を回り込み右舷側に出た。この角度からだと、柱島泊地の係留ブイがよく分かる。前回来た時は、濃霧でほとんどの景色が塗り込められていて、「陸奥」の全体像を把握することはできなかったのだが、今回はそのディテールに至るまで、はっきりと観察できる。これはマニアには応えられない幸福だといってもいいだろう。だがその幸福感も、実は不気味さに圧倒されている。濃霧の中の「陸奥」はまるで幽霊船のようだったが、暗い曇り空を背景にしたその姿も、はっきりいって非常に気持ち悪い。

「前回使用した右舷後部の舷梯に、今回もまた接舷します」

艇長が言った。

「了解！」

指揮官の返事。

「じゃあ宮川大尉と井田さんは、私についてきてください」

先任下士官が言い、うなずくオレと宮川大尉。

「先任下士官、打ち合わせ通りにトラップの結界は張っておくから、上手に誘い込んでくれ。それから、携帯式の『魔探』は持参してきたか？　それは井田さんにでも操作してもらうように。では、成功を祈る！」

指揮官は言うと、「陸奥」に乗り込む準備に移った。

先任下士官は、オレに何か懐中時計のような物を差し出して、

「井田さん、これ持っていてください。携帯式の『魔探』です」

差し出されたものを手にとってみた。直径は一〇センチほどで金属製のようであり、その表面は、一面の表示板になっている。ちょうどあの「ドラゴンボール」の「ドラゴンレーダー」のような機械だった。

「これ、『魔探』なんですか？」

オレが聞くと、先任が説明してくれた。

「携帯式の『魔探』です。便利ですよ。上のボタンを押すと縮尺が変わります。井田さんが操作してください。甲板士官が近づいてきたら赤く表示されるはずですから、方向と距離を報告してください。あと、マップ機能もついてますので、艦内の位置も特定できるはずで

す」

「お預かりします」

オレは答えて、何度か縮尺を変えてみた。現在動いている点は、固まっている白ばかりだった。なるほど、白は天国側の表示で、赤が地獄側の表示なのか。

隼艇はすでに舷梯のすぐそばまで近づいていた。さすがに四万トンを越える巨艦の「陸奥」は、少しくらいの時化《しけ》では揺れない。だがこちらの隼艇はわずか三〇トン弱の小艇だ。文字通り、木の葉のように揺れている。だから舷梯はエレベーターのように上がったり下がったりと、初心者には乗り移るのは非常に困難だ。下手をすると海に転落しかねず、まったくの恐怖だといってもいい。

またもや陸戦隊出身の山下兵曹が、舷梯に飛び乗って、手際よく隼艇をもやう。指揮官を先頭に舷梯に、次々に飛び乗る救助隊。オレも彼らに続いて、隼艇から舷梯に飛び乗ろうとした。隼艇の上下動に合わせて「えいや!」と跳躍したのだが、そこは素人の悲しさだ。完全にタイミングが狂ってしまい、そこにあるはずの舷梯は、はるかに下にある。何とか着地だけはしたのだが、完全によろけてしまい、海へ真っさかさまに転落しそうになった。オレは声にならない悲鳴を上げかけたのだが、その瞬間に、先任下士官のたくましい腕がニョキッと伸びてきて、おれの二の腕をつかんでくれた。危ないところで助け舟を出してくれたのだ。

「まだまだ修行が足らんようやね」

先任下士官はニヤッと笑った。

ようやく降り立った舷梯の下から、オレはこれから乗り込む「陸奥」を見上げてみた。チームの一員としては、立ち止まったり逡巡したりするヒマなどないのだが、（こんな所に乗り込むのは嫌だ！）という思いが、湧いて止まらない。見上げる「陸奥」の背景の曇り空は、あまりにも暗く陰鬱である。単なる気のせいかもしれないが、その暗さには眼に見えないマイナスのエネルギーが加わって、渦になっているように思えたのだ。

まあ、そんなことを考えても、乗り込むしか仕方がない。えいや！　とばかりに舷梯を駆け上がる。先に登っていく隊員たちの後ろ姿からは、淡い光が発していた。雨衣で隠し切れないオーラなんだろう。天国サイドにいた時には、周囲も光を発していただろうから目立たなかったんだろうが、ここでは周囲は暗黒だ。いやでも光が目立つのだろう。オレは自分の頭上を仰いでみた。銀色の細い線が、相変わらず上空へと続いている。「隼鷹」では気にならなかったのだが、やはりこちらでは目立つようだ。

舷梯を登りきったところの衛兵詰め所にも舷門にも、誰も配置されていない。この無人状態は、前回来た時とまったく同じだ。ひと気のない幽霊船。かつての太平洋に覇を称えた黒金の女王の名残りは、今はすでにない。周囲の時化た海は、禍々《まがまが》しいばかりの暗い色をしている。登ってきた舷梯の下を見てみると、もやいを解かれた隼艇が舷梯を離脱するところだった。時化の海に乗り出していく隼艇も、隊員たちと同じく淡い後光を発していた。

「あれ、『隼艇』どこへ行っちゃうんだろう?」

オレがつぶやくと、先任下士官が教えてくれた。

「陽動作戦に入るんよ」

「陸奥」から艦内消失した部分を調査してみて、その膨大さに驚いた甲板士官は、自室で呆然としていた。そしてどのくらいの時間がたったのだろうか。しつこくなり続けるのが電話の音だということに、甲板士官はようやく気がついた。朦朧としていた思考が固まり始めるとともに、だんだんと記憶も呼び覚まされてくる。甲板士官は、頭を左右に二、三度振りながら、けたたましく鳴り続ける電話を取った。

「もしもし……」

甲板士官が受話器を取って話し始めると、相手がきつい調子でその先をさえぎった。

「いつまでぼやぼやしているんだ! 破壊工作をした英軍のスパイは、また『陸奥』に潜入したぞ!」

「英軍のスパイ……」

甲板士官は、その言葉に激しく反応した。怒りと憎しみの感情が、心に満ちてくるのを感じるのだった。そうだ！　あの英軍のスパイが本艦を爆沈させたのだった。怒りがさらに激しく燃え上がる。彼の眼の中にも赤く怒りの炎が見えるかのようだ。

「絶対に阻止します。断固として！」

甲板士官は受話器に向かって言った。

「そうだ！　どんな手段を使ってもいいから、絶対に阻止しろ！　殺してもかまわん！」

と言う電話の相手の言葉は、心に怒りの炎を燃え上がらせるのだが、同時に氷のように冷たい何かを心の中に押し込んでくる。

「ご安心ください。殺してでも阻止します」

甲板士官は、氷のような不気味な冷たさをたたえながら、彼特製の海軍精神注入棒を手にとって、ニヤリと恐ろしい笑みを浮かべたのだった。

「よし、絶対に阻止しろ。オレもそちらに今から行く」

氷のような声は、甲板士官にこう告げた。この言葉を聴いた甲板士官は、自分の体温が数度下がったような気がして、胴ぶるいを起こしたのだった。

「魔探に感度あります！」

偵察員出身の尾川兵曹が叫んだ。手には、オレの持っているのと同じ、携帯型の「魔探」がある。

「第二砲塔周辺を前方に移動中です」

報告を続ける尾川兵曹。

オレも「魔探」を取り出して、表示をのぞいてみた。確かに赤い点が前方に移動中だ。

「指揮官、甲板士官は意識が戻ったようです。急ぎましょう！」

先任下士官が意見具申をする。

「よし！　では予定通りの行動を！」

指揮官は、続けて先任下士官に向かって言った。

「うまく誘い込んでくれ。トラップの結界は、予定通りに準備しておくから」

「了解しました。甲板士官なんかにつかまるようなヘマはしません」

落ち着き払った先任下士官が、ニヤリと笑って見得を切った。


その頃、甲板士官は艦首方向へと急いでいた。

海軍精神注入棒（とは言っても鬼の金棒にしか見えないが）を手にして私室を飛び出した甲板士官の耳に、ディーゼルエンジンの轟音が聞こえてきたのだ。

（スパイが潜入する工作船か）

エンジン音は艦首方向に移動していく。怒りと憎しみに我を忘れそうになりながら、甲板士官は思った。

「今度こそは破壊工作を阻止するぞ」

しかし、そう思った瞬間に、彼の脳裏に疑問が浮かんだ。

「え、『今度こそ』って、一体どういうことだろう。そう言えばこれまでに何度も爆発してきたような気がする。何かが変だ。何かが……」

なぜだかは分からないが、心の中に生じた疑問は、彼の怒りと憎しみをトーンダウンさせてしまった。だが彼の行動は誰一人止めることはできない。甲板士官の行動原理の根本の理由が、そうした怒りや憎しみの心ではないからだ。では四〇年もの間、彼を動かしてきた原動力は何であったというのか。それは「公に尽くす」という使命感である。使命感を重く自覚している勇者を、誰が止めることができようか。


隼艇は、「陸奥」の艦首付近の海面を微速で航行していた。行き足をとめてしまうとコントロールを失って「陸奥」に衝突しかねないので、舵が利く速度を維持しながら、艦首付近をウロウロと移動していたのだ。目的はただひとつ。わざと目立つ行動をとることにより甲板士官を艦首にひきつけて、艦尾でのチームの活動を可能にするためだ。

「よしよし、ひっかかったな。第一段階成功だ」

艇長の菅野少尉がニヤリと笑って言った。

菅野少尉の視線の先には、艦首の先端に立った一人の士官がいる。本来、艦首で金色に光り輝いているはずの菊のご紋章は、なぜだか輝きもなく、完全にくすんでいる。そしてその甲板士官も同様に、黒いモヤモヤに包まれているように思えるのだった。服装からして間違いない。あの甲板士官が艦首におびき寄せられたのだ。

菅野少尉は、マイクをつかんで送信した。

「こちら菅野一番。陽動成功」


「艇長、向こうで何か叫んでますよ」

双眼鏡で甲板士官を観察していた増沢兵曹が言った。彼は隼艇の残留要員のようだ。

「通信して時間をかせぎましょう。私は操縦に手が離せませんから、増沢さんにやってもらうしかありません。オルジスで発光信号をやりますか？」

と、艇長の菅野少尉。

「そんな！　私は主計科ですから、モールスなんか完全に忘れてしまいました。手旗だって怪しいものです」

増沢兵曹は（とんでもない！）という表情を浮かべて言った。

「じゃあ、手旗でやりましょう。怪しくてもいいですよ。でたらめでも何でも、とにかく時間稼ぎですから」

あくまで冷静に菅野少尉は言った。

「えー、まあ仕方ないか……」

増沢兵曹はドラえもん背嚢から、赤と白の旗を取り出して、

「あれ？　これ白が右だっけ……。えーと、艇長、何を書きましょうか」

「甲板士官はどうせ、『何をしているのか？』って言ってるでしょうから、その返事として……、ワレ潜水艦警戒中……、とでも書いたらいいんじゃないですか」

少し考えながら艇長は言った。

きちんと書けるかなあ、と独り言を言いながら、増沢兵曹はたどたどしく手旗信号を送り始めた。

先頭に立って歩いていた先任下士官は、振り向くと少し前かがみになって、

「井田さん、『魔探』の方は頼みますよ」

小声でオレに念を押した。

「大丈夫ですよ。今、赤いプリップは艦首付近でフラフラしてます」

オレは「魔探」の表示を確認しながら、そう答えた。

先ほど、斉藤中尉が率いる本隊が分離した後、先任下士官が率いる我ら支隊は、第三砲塔の後方、飛行甲板付近に向けて、そろりそろりと移動中だった。

これから第三砲塔長の島田兵曹長を、われわれ三名が救いに行くのだ。その三名とは、先任下士官とオレ、そして宮川大尉だ。

あの甲板士官が出てきて「鬼のこん棒」を振るわれたら、腰の短剣を抜くぐらいしかできないが、砲塔長の島田兵曹長に対しては「秘密兵器」を用意してきた。あの増沢兵曹に、ドラえもんの背嚢から出してもらったものだ。それを雨衣の上から、たすきがけに背負ったザックに入れてある。

「増沢兵曹、どんなものでも出せるんですか?」

オレが確認したら、たいていのものは大丈夫だというんで、用意してもらったのだ。これさえ見せれば、兵曹長もたぶん心を動かすだろう。

しかしこの「戦艦」という代物は、途方もなく存在感があるものだ。「隼鷹」もそれなりに存在感はあるのだが、原型が豪華客船であるだけのことはあって、やはり優美さがにじみ出ている。それに、天国側にいれば威圧感など感じはしない。それに比べれば、この「陸奥」から感じるものは一体何だろう。巨大な連装砲塔が二基、段違いの「背負い式」に配置されている姿は、巨大で凶暴な恐竜が眠りについているようにも見える。この主砲が発砲されれば、一トン近い砲弾が四万メートル遠方の目標を破壊するのだ。そしてこの「陸奥」は、その砲撃に耐えるように装甲を施された、まさに鋼鉄の塊だ。戦艦一隻の攻撃力は、歩兵一個師団(通常一万名前後だ)の火力に匹敵するという。それだけの暴力装置なのだから、禍々しい印象を与えるのも当然なのだろう。そしてここは地獄だし。

無言でそろそろと移動していた一行は、やがて第三砲塔の側方から広めのラッタルを昇って、飛行甲板に出た。ここだけは木甲板ではなくて、濃い茶色のリノリウム張りになっている。水上偵察機を射出するカタパルトと、飛行機を移動させるレールやターンテーブルが配置されている。レールは思いのほか高く、ひざの高さくらいある。このレールを避けながら、飛行甲板の後部、第三砲塔の後ろ側までたどり着いた。ここでまた携帯式「魔探」を確認したが、赤い点は艦首付近を動いていない。まだ大丈夫だ。

「砲塔に入りますか？　それとも呼びかけてみます？」

オレは先任下士官に問いかけた。

「入るのも不気味やねー。甲板士官はまだ艦首？」

先任下士官が応えた。

「はい、まだ艦首にいます。少しくらい声を出しても大丈夫でしょう」

オレも答える。砲塔内部を見たいのはやまやまだが、不気味さのほうが強くて、無理して入りたいとは思わない。

「この前にオレと会った時も、オーイって声出してたら、向こうから来ましたよ」

と、補足説明しておいた。

「それならば、また井田さんに呼びかけてもらったらどうだろう」

宮川大尉が言った。

先任下士官は、大尉に「はい」と返事をした後で、オレに向かって、

「じゃあ井田さん。呼んでみて」

おれはうなずくと、両手をメガホンのように口に当てて、幾分抑えた声で呼びかけた。

「オーイ、島田兵曹長さーん。こないだの地上人でーす」

「オーイ、島田さーん」

しばらく呼びかけてから、耳を澄まして気配を探っていたら、どうも誰か人の気配がする。

「島田さーん、この前会った大日本少年団の指導者でーす」

気配のする方に向けて、オレは抑えた声で呼びかけた。しばらく無言で注視していると、やがて物陰から黒の第一種軍装の人物が現れた。島田兵曹長だ！

オレの声だと分かって、安心して出てきたみたいだが、他に二人もいるのを見て、ギョッとしたようだ。一度歩みを止めたのだが、淡く光を発しているだけで、害意がなさそうなのを見て取ったのだろう。意を決したようにこちらに歩んできた。

「ほら！　この前に会った大日本少年団の指導者ですよ！」

少し離れたところで止まってしまって、それ以上近づこうとしない島田兵曹長に対して、オレは少し大き目の声で言った。今しがた「魔探」を確認したばかりだから、艦首にいる甲板士官のことは気にしなくても大丈夫だ。

「この二人は、あなたを救出に来た部隊の方です。他に本隊も乗艦していますから、甲板士官のことは恐れずとも大丈夫です。安心してください」

オレが言ってから、兵曹長はしばらく考えていたが、やがて近づいてきた。

宮川大尉が上官であることに気がついて「気をつけ」の姿勢をとり、きちんと敬礼をして、

「島田兵曹長です」と官姓名を名乗った。

宮川大尉も答礼して名乗り、続けて先任下士官が云った。

「呉三特『隼鷹』分遣隊の永井上等飛行兵曹です。島田分隊士*の救出に参りました」

〔*分隊士＝艦内は「分隊」の単位で管理されている。「分隊長」には大尉以上が任じられ、中・少尉と兵曹長は、補佐として「分隊士」に任じられる。このため、下士官兵が中尉以下の士官に呼びかける際には、「分隊士」と呼びかけるのが通例〕

島田兵曹長は、困惑したような表情を浮かべて、オレに対してこう言った。

「キミには会ったような記憶があるんだが……、よく分からない」

「ついこの前に会ったじゃないですか。それでその後に甲板士官に拘束されたでしょう?」

と、オレが言った。

「そう言われてみれば、そんな記憶がある……」

兵曹長は、何かを思い出そうとしているように見える。

「その後で大爆発が起こったじゃないですか！　覚えてませんか？」

と言うオレの言葉に、兵曹長はハッとして何かに気がついたようだ。

「そうだ、爆発したんだ。でも今は何ともない……、なぜだ……」

そこでオレは、増沢兵曹に準備してもらった秘密兵器を出すことにした。たすきがけに背負っていた雑嚢に手を突っ込んで引っ張り出し、それを兵曹長に突きつけて云った。

「ほら、ここに真実が書いてありますよ。見てみてください」

雑嚢から取り出したのは、『写真で見る昭和史』という大型の本だ。

「もう戦後四〇年近く経ちました。ここは霊界で地獄だそうです。この『陸奥』も実体じゃありません。何度爆発しても元通りになるでしょ？」

手渡された本をパラパラとめくりながら、兵曹長はオレの言葉に耳を傾けていたが、しばらくしてからボソッと言った。

「そうだ、思い出した。キミに前回会った時にも、そんな話をしていたんだっけ」

「兵曹長、本艦には四〇年近く前に退艦命令が出ている。われわれに随《したが》って退艦するように」

宮川大尉が諭すように言った。

「分隊士は、十分にここで過ごされました。もう退艦してもいいでしょう」

と、先任下士官も言う。

「本当に、もう四〇年近く経ったのか……、何か変だと思っていたんだ。爆発したと思ったら元通りだったり、このところ人影も見なくなったし……」

心なしか肩を落とした感じで、寂しそうに言う兵曹長。

「分隊士、『何かおかしい』と思うようになったら、この世界は卒業です。新たな世界でやりなおしましょう」

先任下士官が言った。すると兵曹長は、パラパラとめくっていた先ほどの「昭和史」をオレに返して、

「キミの言うことを信じたほうがいいみたいだな」

「兵曹長、よく決断してくれた！」

宮川大尉は言って、兵曹長に握手を求めた。兵曹長は力弱く微笑んで右手を差し出しかけたのだが、急に眼におびえの色を浮かべて、動きを止めてしまう。そしてこう言うのだ。

「でも、あの甲板士官が邪魔をするかもしれない」

兵曹長のおびえる姿を、いぶかしげに見ていた先任下士官は、破顔一笑。いかにも（何だ、そんなことか）と言いたげに、笑みを浮かべて、

「分隊士ご安心ください。準備は万端です。甲板士官も救済するつもりですから」

それを聞いて意を決したのだろうか。島田兵曹長は姿勢を正すと、宮川大尉に正対して敬礼して申告した。

「島田兵曹長、『陸奥』を退艦します。よろしくお願いいたします」

答礼する宮川大尉。

くるりと背を向けた先任下士官、いつの間に用意したのか小型無線機を手にしている。そしてマイクに向けてこう言った。

「こちら永井二番。要救助者確保！　第一段階作戦終了しました」

すぐに無線機からの応答があった。

「了解！　こちらも配置完了、これより第二段階に突入する。こちら斉藤一番！」


「まったく、あの手旗信号は一体何だ！」

甲板士官はプリプリと怒っていた。艦首付近の海面をウロウロしている、あの不審な哨戒艇の信号員、満足に手旗も扱えなかったじゃないか。第一、手旗の赤白が逆だった。白は左手、赤は右手なのに、見事に逆だった。またその後の文章もめちゃくちゃで、まったく意味をなしていない。下士官のくせに手旗も書けないのはオカシイと、「こいつら敵のスパイか？」と疑いもしたが、でも本当のスパイだったら、もう少しマシにうそをつくだろう。まったく役に立たんやつらだ。

こんなバカどもにはもう付き合っておれん、そう思って艦首を離れたのだが、あの間抜けな哨戒艇と付き合っていたら、何だか毒気が飛ばされたような気がしてならない。英軍のスパイに対する憎しみや怒りで、これまでは全身から力が湧いてきていたのに、あいつらと接触していたら、どうも力が入らなくなったのには困った。何だか、肩の力が抜けて自然体に近くなってしまったようだ。

「いやしかし、そんな覚悟ではいけない」

甲板士官は自分にカッを入れた。ここでオレが断固として対処しなければ、また破壊工作を施されてしまうではないか。

ん？　このところいつも、この「また」という言葉に引っかかるんだ。なぜ「また」なんだ？　以前にもあったというのか？

第二砲塔直下を通りながら、甲板士官の疑問は徐々に膨れ上がるようだった。

「先任下士官、この後どうするんですか？」

おれは質問した。携帯型「魔探」の赤い点は、すでに艦橋付近まで来ているし、先ほど菅野艇長から、陽動作戦終了の報告も来ている。もっとも作戦が終了したのではなくて、どうやらバカらしくなった甲板士官が、「付き合っていられない」と、彼らのことを見捨てた、ということのようだ。

「いやね、甲板士官が来たら、適当に相手をして、トラップに誘いこむんよ」

気楽に言う先任下士官。

「でもね、だれが『適当に相手をする』んですか？」

オレが質問すると、先任下士官は本当に嬉しそうに、

「そりゃあ、井田さんでしょう！　向こうは気に入ってますよ、英軍のスパイだってね」

「冗談じゃありませんよ！　あんな化け物、相手にできるわけないでしょうが」

オレは必死に抗弁したが、先任はニヤニヤ笑って返事をしない。

「ああ、そろそろ来るころかなあ。たぶんすぐここが分かりますよ。だって……」

と言って、先任下士官はオレの頭から上を見上げた。オレもつられて見上げてみると、暗い曇り空にくっきりとシルバーコードが派手に目立っている。

非常にリラックスした感じで、伸び上がって前方を見ている先任下士官。オレの携帯型「魔探」を見てみると、後部艦橋の右舷側……、ああ、もうすぐそこにいるみたいだ。まったく勘弁してもらいたいよ。島田兵曹長なんか、「甲板士官」って聞いたら、もう恐怖で顔が土気色になっている。ああこの人、もともとこういう顔色だったっけ。

先任下士官が、宮川大尉に向かって小声で言った。

「大尉、島田兵曹長を連れて、艦尾に行っていただけますか。甲板士官が来るほうと反対の左舷側のラッタルを使ってください」

宮川大尉は、

「よし分かった！」

兵曹長を促してひそかにラッタルを降りていった。

甲板士官が、後部艦橋の横を通りすぎようとした時、前方の飛行甲板から銀色の細いひも状のものが、空に向かって伸びている。

（確かどこかで見たことがある……、爆発以前に……？）

甲板士官はハッと気がついた。あの英軍のスパイが頭から出していたのだ。怒りと憎しみが彼の心で膨らむと、周囲の黒いモクモクはさらに濃くなり、赤黒い炎が燃え上がるようだ。

「英軍のスパイか！」

吐き出すように言うと、甲板士官は「鬼の金棒」を握り締めて駆け出した。


「キサマら、ここで何をしているか！」

駆け寄ってきた甲板士官は「鬼の金棒」を振りかざしてオレに対して大喝した。

「キサマ！　英軍のスパイだな！　性懲りもなくまた現れたのか！」

「だから、こんな英軍がいるわけないじゃないですか！　少年団の指導者だって！」

必死に言ったのだが、オレの言葉はまったく通じないどころか、かえって怒りを倍加させてしまったようだ。甲板士官の怒りの炎はさらに大きくなり、見るからに身の毛もよだつ。

その時、オレは眼の錯覚かもしれないかと思ったのだが、何か黒いものが甲板士官に飛び込んでいったように見えた。それははっきりとした物体ではなくて、影のような感じのものだった。

その瞬間、甲板士官の身体は急にふた回りも大きくなって、見上げるような存在―化け物になったのだ。

「オノレ！　そこを動くな！」

甲板士官は「海軍精神注入棒」という「鬼の金棒」を振り上げた。その姿はオレには鬼にしか見えない。逃げようとしたのだが、身体がまったく動かない。くそ、また金縛りか。

「こりゃあダメだ。荒療治するしかないな……」

と、つぶやいた先任下士官は、腰の「降魔の剣」を抜き放った。刀身は鋭い輝きを発して周囲を照らした。そのとたん、オレの金縛りも解ける。

「井田さん、やられたくなかったら剣を抜いてください」

先任下士官が言った。

おお、そうだそうだ。オレも「降魔の剣」を持っていたんだっけ。腰の短剣の存在を忘れていた。即座に右手で短剣の柄を握り、エイとばかりに抜き放った。また以前のように、短剣を抜くと大きな諸刃の「降魔の剣」になるのかと思ったら、案に相違して短剣のままだ。光こそ刀身から発してはいるが、これじゃ戦うことはできない。

「あれ？」

オレも拍子抜けしたが、先任下士官も驚いたようだ。

「どうしたん？　短剣のまま？」

甲板士官が渾身の力で振り下ろす「鬼の金棒」。風をまいてオレに直撃しそうになる。危ういところで身体をひねり、何とかかわした。でもこれからどうするんだよ！

先任下士官が剣をふるってオレをかばってくれるが、このままでは決着がつきそうもない。いや、「鬼の金棒」をブンブン振り回されて、押しまくられているというのが実態だ。

「こりゃダメだ。そろそろ逃げ出しますよ」

オレにだけ聞こえるように言った先任下士官は、いつの間にかに手榴弾を手にしていた。安全ピンを口でくわえて外し、「ペッ」と吐き出した。そして傍らのレールに手榴弾の先端を叩きつけて、

「逃げろ！」

と言うと、ニッコリ笑って甲板士官に投げつけて、脱兎のように逃げる先任下士官。手榴弾は三秒で爆発だ。これじゃオレも逃げ切れない、そう思った時に、背後で爆発音とともに閃光が発した。あれじゃ甲板士官死んじゃうジャン。でもまあ、もともと死人だし、今は化け物だけど。

しかしこの先任下士官、何て逃げ足が速いんだろう。ラッタルを駆け下りて下の甲板に逃げながら「こっちこっち」と誘導する。逃げる方向は艦尾のほうだ。振り返ると、甲板士官は倒れていなかった。周囲にも爆発の影響は見られない。ただ甲板士官（の化け物）がショ

ックで呆然と立っているだけだ。なるほど、あれは普通の手榴弾ではなくて、音と閃光だけが出てショックを与える対テロ用の「閃光手榴弾」の一種だったのか。まあ確かに救済の対象を傷つけたり殺したりっていうのは、いくら何でも変だからな。

閃光手榴弾の爆発に、しばし呆然としていた甲板士官は、やがて獲物に逃げられたことに気がついた。くそ、逃がしてたまるかと、猛然と後を追う。とっとと逃げる先任下士官とオレ。先任下士官は無線機を取り出して報告する。

「おびき出し成功！　まもなくトラップに到着！」

第四砲塔を過ぎて後部甲板にまで逃げてくると、ちょうど長官昇降口の手前くらいで先任下士官が止まった。後ろの艦尾の方を見てみると、先に逃げた大尉と兵曹長が艦尾の軍艦旗の下に立っている。あそこより先に逃げ場はない。しかし斉藤中尉指揮の本隊はどこにいるのだろうか。きょろきょろ見回したが、分からない。気配を消しているのだろうか。

そこへ「鬼の金棒」を引きずって甲板士官が登場した。何だかさっきよりも金棒がでかくなってないか？

「お前ら、もう逃げ場はないぞ」

ゾッとするような声で言う甲板士官は、先ほどよりも一回り大きくなっているように見える。眼の錯覚かと思ったが、確かにでかい。そう、最初にオレが捕まった時に感じた、あの恐ろしさそのままだ。

「彼が心の中に抱いた怒りや憎しみが、この地獄界の暗黒のエネルギーを引きよせるんよ。その想念の渦に巻き込まれたら、普通の人間ではもう出てこれんね」

と、先任下士官が言った。

「じゃあ、どうするんですか?」

オレが質問すると、先任下士官はこう答えた。

「結界を張って、地獄界の暗黒のエネルギーから隔離すればいいんよ。見るところ、甲板士官の心根は、完全に魔に魅入られているわけではないようや」

さらに巨大になったような「鬼の金棒」をもてあそびながら、甲板士官はうれしそうに舌なめずりして言った。

「さて、このくらいでお遊びは終了だ。覚悟するんだな」

そしてヒヒヒ……と気持ちの悪い声で笑ったのだ。

絶体絶命という言葉に、これほどピタリと合うことはない。しかし横に立っている先任下士官の表情を窺《うかが》うと、「どこ吹く風」といった風情で涼しい顔をしている。剣も抜こうともせず、戦闘モードに入っているとは思えない。こりゃ何か仕組んであるんだろうか。

と、その時、斉藤中尉の号令が聞こえてきた。

「総員、抜刀!　前へ!」

斉藤中尉以下五名の救助隊が、まばゆく輝く「降魔の剣」を抜刀して現れた。これまでは完全に気配を消していたのだろう。その存在をまったく感じさせなかったのだが、これも何かの術力だろうか。

五名の救助隊は、甲板士官を中心にして半径五メーターほどの円陣を組んだ。はっきりと眼に見えているわけはないのだが、どうやら星の形の結界を組んだようだ。そのエネルギーの流れはどことなく分かる。

「よし、『五芒星の結界』完成や！　これであの星型の中心からは出られん」

先任下士官が言った。

なるほど、そういえば聞いたことがある。一筆書きのように星の形を書くあのしるしを、確か「五芒星」といい霊的な力（霊力？　魔力？）があるという。「降魔の剣」で「五芒星」を描き、その霊力で甲板士官を封じ込めたわけなのだろう。オレがさっきやられた金縛りを、逆にやられているようなものだ。

甲板士官は、あきらかに動揺している。霊的に封じ込められてしまったことが分かるのだろう。しかし、その力が減殺されているわけではなく、ただ行動の自由が奪われたのみのようだ。

「キサマら、何者だ！」

甲板士官の眼は怒りに燃えているようだ。これまでその矛先は、もっぱらオレに向けられていた。このところ少し分かりかけてきたのだが、霊界が現世と大きく違うところのひとつは、その「念いの力」をモロに感じることだろう。甲板士官の怒りの波動はものすごく、オレの身体全体がしびれるような感じがする。だが、「五芒星」のトラップにかけられたことが分かると、その怒りの矛先は分散したようだ。それははっきりと身体に感じる。（でも考えてみると、ここは霊界だから身体はないはずなんだよな……。これも不思議だ）

「五芒星」の霊力のせいだろうか。甲板士官の周囲に黒いモヤモヤが立ち込めているのが、はっきりと眼で確認できるようになった。これまででも、スモッグ状のものが存在することが、何となく分かっていた。だがこれほどはっきりと眼で見ることができたのは、「五芒星」の霊力によって炙《あぶ》り出された、と考えたほうがすっきりとするかもしれない。

甲板士官は、その場にいる全員をねめ回して、

「キサマら全て、英軍のスパイか！」

心なしか、その波動から凶暴さがトーンダウンしている。

指揮官の斉藤中尉以下五名は、結界を張るのに集中しているのだろう。表情すらまったく変化させない。薄目を開けたような「半眼」の状態で、精神を統一している様子だ。指揮官の手が離せないからだろうか、先任下士官が姿勢を正し、敬礼して答えた。

「呉三特『隼鷹』分遣隊の永井上等兵曹です。少尉をお迎えに参りました」

その時に、剣を持していた指揮官が、何かの祈りの言葉を唱えているのに気がついた。

（何だろう？）と、その祈りの文言に意識を集中したら、その最後の力強い言葉だけが、は

っきりと聞こえたのだ。

「ファイト!!」

五名全員が大上段に振りかざしていた、その「降魔の剣」は、「ファイト!!」という掛け声とともに同時に振り下ろされた。五本の剣がピタリと甲板士官をさした瞬間、その剣先から鋭い光がまるで光線銃のようにほとばしり、甲板士官を包み込む。

「ギャー!」

獣のような叫び声をあげる甲板士官。

そしてその光が呼び水になったのだろうか。「陸奥」のちょうど真上、暗い雲海が裂け始めて、その部分から光が洩れてきたと思うや否や、さらに巨大な光のエネルギーが、その雲海の裂け目から放射されてきた。「陸奥」の後部甲板は、その圧倒的な光に包み込まれる。

そしてその光のエネルギーは、全て甲板士官に注ぎ込まれている。

甲板士官の周囲を包み込んでいた黒いモヤモヤは、全て消し去られ、

「ギャー!!」

という叫び声を上げながら苦しんでいる。

「鬼の金棒」も、一回り小さくなったようだ。だが、甲板士官はまだ化け物の姿のままである。

「この圧倒的な光でも、効き目がないのか……」

一体どうなっているのか、というぶかしげな表情を浮かべながら、先任下士官が言った。指揮官にも、多少あせりの色が見える。

その時だった。「五芒星」で結界を張っていた下士官の一人、足立兵曹の後ろから誰かが襲いかかってきたのだ。パイプか何かで痛撃を食らった足立兵曹は、剣こそ取り落とさなかったが、構えを崩してしまった。当然のこと、「五芒星」結界は破れ、雲海の裂け目から放たれていた光の柱も消え去ってしまう。雲の裂け目も閉じ、「陸奥」艦上は元の薄暗さに戻ってしまった。

足立兵曹は、体勢を立て直して襲撃者に向き直り、パイプを振り回す相手と渡り合っている。他のメンバーは、一瞬、何が起こったのか分からないでいた。しかし、指揮官の斉藤中尉の叫び声で我に返った。

「襲撃だ！　防御戦闘！」

驚いて周囲を見渡すと、襲撃者が、艦の前方から押し寄せてくる。皆、正式な武器を所持しているわけではなく、鉄パイプのような様々な得物を持って、押し寄せてくるのだ。

「切るな！　切っちゃいかんぞ！」

その指揮官の命令に、隊員たちは剣をさやに収めて、代わりに木刀のようなものを持った。この木刀、またもやどこから出したのか、本当に便利な人たちだ。

一方、甲板士官は光の柱の打撃が強烈だったせいか、うずくまって動けないでいる。しばらくは放っておいても大丈夫だろう。

その襲撃者たちは亡者であった。先に救済した中田一等水兵と同じで、眼にはまったく輝きがなく、どんよりとしたゾンビのような集団だった。どうやら自分の意思で動いているのではなく、誰かによってコントロールされている様子である。したがって、動きはのろいのだが、その分、痛みなどは感じないようで、いくら痛打を与えても倒れるだけで、また何度でも向かってくる。

その頃、井田の守護霊は、天上界のあの家で、座禅を組んで座っていた。半眼で身じろぎもせずに、深い禅定に入っているようだった。

「まずいことになったのう……」

そう、一言つぶやくと、禅定を解いて隣室へと入っていった。

そこは剣道の道場のような板敷きの広い部屋で、通常、床の間になっている場所に、大きな神棚が祭ってある。神棚というよりは、祭壇といった方がいい大きさだ。その祭壇の前に、守護霊はひれ伏して、どうやら祈りを捧げるようだ。しばらく身じろぎもせずに、額を床に擦りつけて拝礼していたが、やがて重々しく祈りの言葉を唱え始めたのだった。

「主なる神よ。我、守護霊の分を越え、守護すべき地上の者とともに、降魔の戦いに臨まんとしております。もし、この戦いが主なる神の御心に適《かな》いますならば、なにとぞ、この我が刀にさらなる降魔の光をお与えください」

そう祈った守護霊は、自らの刀を両手で捧げるように持ち、頭を垂れながら高々と祭壇へと差し出した。刀は「正宗」のような細身ではなく、「胴田貫」のような、実戦的で豪壮な太刀である。

守護霊がその太刀を捧げて一呼吸くらい置いた後、祭壇が光を発し始めたのだ。そして紫色の光が膨れ上がると、やがてその光芒が、祭壇から「胴田貫」へと注がれ始めたのである。そして、荘厳な声が、祭壇を通じて聞こえてきた。

「汝に、降魔の光を与う。ただし、その宝刀をもって戦うは、汝のすべきことにあらず。汝の守護すべきものに与えるものなり」

差し出した太刀は、天上の光を浴びて激しく光っており、外観すらさだかでないほどだ。やがて光芒が収まり光を減じた後に、太刀はその姿を完全に変えていた。実戦的豪壮な太刀は、平安朝に使われた如き、反りの大きい古刀へと変じていた。しかも、宝石を散りばめた、黄金造りの宝刀である。

そしてまた荘厳な声は、こう言う。

「その宝刀、美々しく装いたるをもって宝刀となすにあらず。持てる者の全てを引き出す力を持つがゆえに宝刀となす。その真なる姿、その真なる力、その真なる術力を、全て引き出すがゆえの宝刀なり」

「主なる神よ、我が守護する者に、確実にこの宝刀を届け、断固として魔を下し、愛と慈悲を広めることをお誓いいたしまする」

守護霊は断固として言うと、深く拝礼し、拝領した宝刀を紫色の刀袋に入れて左手で持ち、勇躍、戦場に赴く。玄関口から出る前に、手ごろな棒を手にとって、

「亡者どもには、これで十分」

そう言うと二、三度、その棒を振った後に、玄関口から飛び出していったのだった。


「これじゃあ、支えきれないやんか！」

木刀を振るって、複数の亡者たちと渡り合っていた先任下士官は、悲鳴を上げた。もともと永井兵曹は、柔道は強いのだが剣道の方はイマイチだ。他の隊員たちも自分を守るだけで精いっぱいで、他の隊員を救援することはできないようだ。

先任下士官の背後で、影に隠れていたオレにも、やっぱり亡者は襲い掛かる。オレも木刀で応戦しようとするのだが、怖くて逃げ回るだけだ。しかし、これだけ亡者の数が多いんじゃ、逃げ切るというのは無理だろう。さて、どうするか……。

不安でいっぱいになった時、その乱戦の真ん中を、一陣の突風が駆け抜けたのだった。一体何が起こったのか、オレには分からなかったのだが、その風が通り抜けた後には、亡者た

ちはバタバタと倒れていた。

「永井兵曹！　ご助勢いたす！」

一陣の突風かと思われたのは、お侍さんだった。

（え？　お侍さん？）

もともと信じられない世界にいるのだが、さらにこの上、お侍さんかよ！

オレは自分の眼が信じられなかった。

「おお、守護霊さま！　助かります！」

先任下士官の声は、喜びに満ちている。

三〇名もいただろうか、襲いかかってくる亡者たちは、そのお侍さんの手によって、あっさりと全員が倒されたのだった。その手にした棒は、的確に亡者たちの急所を打撃した。一瞬で痛打された亡者は皆、身動きも取れなくなるのだ。しかし亡者を圧倒して無力にしているのは、刀術だけの問題ではないのかもしれない。オレが金縛りにあったように、亡者たちも念縛りにあっているみたいだった。

多勢に無勢で圧倒されていた隊員たちも、ようやく人心地ついて、周囲を警戒している。

「さすがは、鏡心明智流、免許皆伝」

と、先任下士官は大満足で、「今後も助けてくださいよ」と、喜びながらも、甲板士官からは眼を離さずに警戒している。

（あのお侍さん、先任下士官の知り合いなんだ……）

オレは何が起きたのかが分からずに、呆然としていた。亡者たち（といっても迷っている本艦の乗組員だが）が、どうやら「金縛り」を受けているように見える。多分、お侍の念力かなんかなのかもしれない。

そのお侍さんは、倒れた亡者たちが、戦闘能力と意思を失っているのを確認してから、やおらオレの方に近づいてきた。

不思議なことに、その眼の色には「懐かしい」と思わせるものがある。長年、会っていなかった親戚の叔父さんに再会したような感じとでも言うべきだろうか。

お侍さんは、紫の刀袋から宝刀を取り出し、両手で捧げるように一度持ち上げた後に、そのままオレに刀を差し出して、こう言った。

「この刀は、主なる神から拝領したる宝刀じゃ。汝に遣われし降魔の剣である。心して使うべし」

（この声は、何度も聞き覚えがある……。何だかとても懐かしい声だ……）確かに聞き覚えのある声なのだが、一体どこで聞いたのだか、分かるようで分からないのが、非常にもどかしい。

オレは不思議に素直な心で、その宝刀を拝領した。刀を渡したお侍さんは、次に、先任下士官に向き直って会釈をすると、

「永井兵曹、ご油断めさるな。この亡者どもを操りたる者が、まだこの場にいるようじゃ」

「守護霊さま。確かにそんな雰囲気ですなあ」

「いかにも。ここが勝負と心得られよ」

そして今度は、指揮官の斉藤中尉に正対して礼をした後、

「陰ながら、大勝利を祈念いたす。では、拙者はこれにて御免つかまつる」

と言ったと思うと、オレに視線を向けて、かすかにうなずき、

「萩原先生に受けた教え、忘れるでないぞ」

そう言い残して、スーッと消えて行ったのだった。

お侍さん、何で萩原先生を知ってるんだよ……。

斉藤中尉は、携帯用の魔探のディスプレイを、チラッと確認した。間違いない。この場に「魔」がいる。そして、「魔」が潜んでいるとすれば、あそこしか考えられない。斉藤中尉の視線が、鷹のように鋭く注がれているのは、うずくまり身動きの取れない甲板士官であった。

「この亡者ども、また起き上がってくるかもしれんぞ！」

斉藤中尉が緊張して警告した。

オレは、（えー！　また立ち上がってくるのかよ）と、ビクビクしながら、倒れている亡者たちを見回していた。すると、亡者たちの中心で倒れている甲板士官の背後に、チラチラと何かの黒い影が見えるような気がしたのだ。

（あれ？　さっき、甲板士官の身体に飛び込んだように見えた、あの黒い影か？）

その時、先任下士官が警告した。

「間違いありません。甲板士官に『魔』が入っています」

「戦闘準備！」という、斉藤中尉の命令に、一度はさやに戻した剣を、隊員たちは一斉に抜き放った。降魔の剣の光芒は、薄暗い地獄の後甲板を明るく照らす。


その夜、萩原先生は、ソウルの自宅の書斎で仕事に取りかかっていた。韓国の美術書を日本語に翻訳する仕事である。しかし、どうも先ほどから胸騒ぎがしてならない。電話で相談があった、あの都立大の学生がトラブルに巻き込まれているような気がしてならないのだ。もう夜半を過ぎているから、すでに彼は夢の中にいるはずであり、その夢の中で、あの戦艦「陸奥」の地獄に引っ張られている可能性が大きいと思うからである。

その時、部屋の隅に誰かいるような気配がした。悪い波動は感じられないから不成仏霊や邪霊の類ではなさそうだ。

「そこにいるのはどなた？」

そう、声をかけると野太い声の返事が返ってきた。声といっても音にはならない声で、想いがそのまま直に心に響いてくる感じである。

「先般、相談をお受けいただきました都立大の学生の、守護霊をしておる者でござる。その折は、的確なご教示、まことにありがとうございました」

「それで、守護霊様が何の御用かしら」

「ただいま、本人が地獄界で戦おうとしております。なにとぞ、『高き所』からの天の軍勢の御加勢を願いたく、無礼を承知で参上つかまつりました」

萩原先生の目には、その守護霊の姿は見えないのだが、その波動だけははっきりと感じ取れる。悪魔のたぐいが、惑わしに来ているのではなさそうだ。

「分かりました。本人には、以前に説明しておきましたが、これから私も祈らせていただきましょう」

「まことにありがたき幸せ。ではこれにて退散つかまつる」

眼には見えぬが、守護霊は平伏している様子。そして、やがてその気配も消えた。

「さてそれでは、仕事は少しお休みにしましょう」

萩原先生は立ち上がり、祭壇のある部屋へと移動する。

祈りには絶大な力があるが、「いと高き所」へ祈る時には、萩原先生でも斎戒沐浴したい気分にさせられる。祈りとは、祈る対象に電話をかけることにも似ているが、それは天使や神々と、直接対話することをも意味する。それゆえ、礼拝室にこもり、威儀を正して祈るのもまた当然のことである。人は神々の前では、象の前の蟻一匹に過ぎぬ存在であるのだ。

ちょうどその同じ時刻、さらに二人の女性が、心の底からの祈りを捧げようとしていた。一人は千葉の銚子市で、もう一人は東京の目黒区で、ともに甲板士官の救済を心から念願している。その二人は言うまでもなく、甲板士官の許嫁と、その娘だ。萩原先生を含めて三名の女性が、それもこぞって霊的な女性たちばかりが、一人の雄々しき魂の救済を願って祈るのである。一人だけであっても、祈りは絶大な力を発揮する。それが複数の善念が合わさった時、祈りは、信じられない奇跡の力を発揮する。今こそ正念場。今こそが勝負の時。そのタイミングで揃って祈るとは、何というシンクロニシティ（共時性）であろうか。そう、これこそが「神仕組み」と申すものなのだ。

甲板士官は、うずくまったままで、じっと動かない。救助隊員たちが、その周囲を囲んで抜刀しているのだが、彼らが注視しているのは甲板士官そのものではなく、その背後にうごめく「何か」なのである。この「陸奥」をこれまで支配し、そこに迷う魂たちを押さえつけてきた闇の存在、「魔」と呼ばれる者である。

闇の力は強い。もちろん、その影響は天上の世界には届きはしないが、この地獄の世界と地上の世界には、絶大な影響力を持つのだ。この地獄は闇の王国でもあり、また「魔」の王国でもある。霊天上界の住人である彼ら救助隊員たちが地獄で活動するのには、その「魔」の眼を盗んで行動する必要があるのだ。ひとたび発見されたなら、その攻撃は執拗かつ強力である。その「魔」による攻撃を思えば、誰だとて緊張するのは当たり前のことなのである。一体、どうなるのかと心配している隊員たちの耳に、かすかな笑い声が聞こえてきた。それも冷笑し嘲笑するような、心を逆なでするような笑い声が、かすかに響いてきたのである。

どこからその笑い声が聞こえてくるのかと、それぞれがキョロキョロと周囲を見渡したのだったが、その所在はつかめない。ただ、だんだんとその笑い声は大きくなり、やがて「陸奥」をも揺るがすような大きな笑い声となってきた。実際に、甲板が振動でガタガタと揺れ、まるで小さな地震のようになる。救助隊の面々は、それこそ何が起きたか分からない状態で、ガタつく足元もおぼつかなく、抜き放った剣にも力が入らない。視線はキョロキョロと落ち着かず、腰もさだまらないくらいである。

やがてその声が、甲板士官の背後の黒いモヤモヤであることがはっきりしてきた。その耳障りな笑い声がだんだんと大きくなるにつれて、不思議に周囲の気温も下がってきたような気がする。それまででも十分に寒さを味わっていたのに、そこにさらなる地獄の寒さが加わってきたのである。

やがて、そのモヤモヤは大きな笑い声を上げながら、だんだんと実体化してきた。身の丈は普通の人間の五割増しくらい。服装はどうやら海軍の第一種軍装のようで、紺サージの士官服のようだ。それに右の肩には参謀肩章（正式には参謀飾緒）の名残《なごり》のような紐がついている。かつては参謀将校だったのだろう。ただ、「魔」だけのことはあって、元の服装の堅実さや質素さはどこにも見られない。ただ、その「元」が士官服だったというだけの、不気味で不潔な服装だ。

「はははははは！　愚か者どもめ！　このまま見逃してやろうと思ったのに、抵抗するつもりとは片腹痛いわ」

周囲の空気は一変していた。温度が下がっただけではない。まるで、濃密なエーテルの中にいるように、身体が重いのだ。あまりにも「魔」の闇のエネルギーが大きいかもしれない。このままでは念に呪縛されてしまいそうだ。

救助隊の面々が持っている法力と、その降魔の剣の力だけでは、この「魔」は抑えられない。たった一つの対抗策は、このオレの持っている宝刀だけなのだ。ところが情けないことに、オレの方は、この宝剣を抜く踏ん切りがつかないで、モタモタしていたのだった。この最悪な状況を脱するには、そうするしか方法がないことは、このオレにも分かっている。「魔」の想念エネルギーと、必死に戦っている救助隊の面々は、オレに向かって痛いほどの眼差しを向けてくる。

「井田さん！　宝剣を抜いて！」

押されっぱなしの先任下士官は、必死の形相でオレに言った。

しかし、事態がここに至っても、オレは怖くて、宝刀を抜く踏ん切りがつかない。一旦抜いてしまったら、もう普通の人生は送れないような気がしてならないからだ。モタモタするオレに、先任下士官が大喝した。

「抜け！　抜かんか！」

それこそ鬼のような形相で叫んだ先任下士官の声に、さすがのオレも諦めた。右手で柄を握り左手はさやを、そしてその左手の親指でツバを押して鯉口《こいぐち》を切った。刀身がさやから抜けるにつれて、ほとばしる光芒、まるで何かが爆発したように思えるくらいだった。

同時に、どこから吹いてくるのか、正面からの突風が、オレを包み込んだ。その風は、全てのものを吹き飛ばす「無常の風」である。オレの、この世のしがらみを、全て根こそぎ吹き飛ばし、本来の光り輝く自己をあぶり出してくれるようだ。

風が収まった時、オレの姿は一変していた。抜き放った宝刀は、なぜか西洋風の両刃の直剣にと姿を変え、また我が装いは、黄金の鎧《よろい》に黄金の兜《かぶと》をかぶる、ギリシャ風の戦士の姿となっていたのである。

なぜか不思議に心は平静だ。そして、まるで自分の力や能力が一〇倍にも高まったように感じたのだった。その時、心の中に声が響いた。

（我ハ汝トトモニアリ）

それは、これまで何度も心に響いてきた、あの同じ声だった。刀を拝領したあのお侍さんの声である。

「こしゃくな！　小僧！　刃向かうか！」

と叫んだ「魔」は、オレの頭の上から伸びるシルバーコードを見て、

「これはこれは、わざわざ地上からお出ましか。まだこの世界での戦い方もよく分からないだろうに。このまま永久にここで囚われの身にしてやろうか」

獣じみた顔に、不気味な笑いを浮かべて言ったのだった。そして、

「その前に、小手調べでもしてやるから、その亡者どもと戦ってみよ！」

そう言うと、魔は、いくぶん下を向くようにして軽く眼をつぶると、両手の平を上に向け、何かを持ち上げるような仕草をしたのだった。その手の動きに合わせて、それまでピクリとも動かなかった亡者たちが、フラリフラリと立ち上がり、落ちていた得物の武器を手にとって、またもや救助隊に襲いかかってきたのである。

隊長以下、みな必死で防戦するが、多勢に無勢で押しまくられる。「魔」は参戦せずに見ているだけなのだが、それでも救助隊は押されて艦尾へと追い込まれていく。叩いても叩いても再び襲いかかってくる亡者の群れ。剣で両断でもすれば、また話も違うだろうが、彼らは全て「要救助者」だ。ただ単に「魔」に踊らされているだけなのだから、切って捨てるわけにもいかない。

それまで見守るだけだった「魔」は、

「さてそろそろ、引導を渡してやろうか。永久に囚われの身にしてやるから、そう思え」

と言うと、オレに向かっての攻撃を始めたのだ。

「魔」の動きは、思ったよりも俊敏だった。甲板士官が落とした鬼の金棒を拾い上げると、風を巻いて突進してきた。

「この『陸奥』は渡さんぞ！」

振るった渾身の打撃は、何とか紙一重でかわした。金棒は木甲板を直撃して破壊し、その下の鉄の部分までへこませたようだ。宝剣の力ゆえか、日頃とは比較にならない俊敏さで、横っ飛びに打撃を避けたオレではあったが、この一撃で「魔」とオレの力量の差ははっきりと分かった。

「これは勝てない、あまりに差がありすぎる」

しかし、実は、宝剣はオレに与えられた最終兵器ではないのだ。その登場を待つ間、何とかこの宝剣の力で、切り抜けなければならない。


萩原先生の教えた本当の武器とは、それは「信じる力」である。

自分の力だけでは、強大な「魔」と戦って勝利することは不可能だ。天の助力、天の軍勢の加勢を受ける必要があり、その方法が「確信」と「祈り」なのだそうだ。必ず助けてくださると、堅く堅く「確信」して、天の軍勢の加勢を「祈る」のである。

「天の軍勢よ！　我らを助けたまえ！」

オレは、この祈りが絶対に聞き届けられることを確信しながら、心の中で何度も何度も、真剣に祈ったのだ。

その時、オレの心の中に不思議なイメージがポッと浮かんできた。それは、三人の女性（の天使？）が、まばゆく光り輝きながら祈りを捧げている姿だった。眼で見えるのではなく、その場にいるとも思われないのだが、確かに祈っている姿を「感じる」のだった。一人は萩原先生のようだし、もう一人は里美ちゃん？、後の一人は誰だろうか……。

そんな思いが瞬時に心に涌いたのである。

誰かがオレを助けようとしてくれている。オレは一人で闘っているんじゃないんだ！

しかし「魔」は、本当に手ごわい相手だった。まるで無限にエネルギーが続くように、攻撃の手を休めようとしないのだ。それに、「魔」と戦っている横から、亡者がかかってくるので、飛び込んで反撃する糸口すらつかめないのだった。多勢に無勢。このままでは押しつぶされてしまう……。

「ダメかもしれない」、信じる力が弱まり、諦めの思いが生じてきた、ちょうどその時だ。一瞬の隙を突かれて、手にした宝剣が打ち落とされ、彼方へと飛ばされてしまった。宝剣が手を離れた瞬間に、オレは金色の甲冑《かっちゅう》の姿から、普通の姿、ボーイスカウトの制服姿に戻ってしまった。そして困ったことに、オレはピクリとも動けない状態に陥っている。宝剣の降魔の力が消失した今、「魔」の念力で金縛りにあっているのだ。

「何と情けない。宝剣の力だけで身を守ってきたのか。自分の力だけでは戦えないような青二才が、よくもこの俺に刃向かう気になれたもんだ。本当にあきれ返るぜ」

いかにも馬鹿にしたような口調で、金縛りのオレを侮辱する。そしてヘラヘラと笑っていた態度を一変させて、凶暴な獣そのものの表情になると、

「さあ、覚悟するんだな」

鬼の金棒を握りなおしたのだった。

こういうのを絶体絶命の極致っていうんだろうなあ。天の軍勢なんて来ないんだろうなあ。信じる力が弱かっただろうか。そんな気弱な思いがいっぺんに溢れてきそうになった時、オレの心の中に、またあの声が響いてきたのだった。

（萩原先生ノ　教エヲ　忘レルデナイ！）

そうだ、ここで弱音を吐いたらおしまいだ。ダメモトで心の底から信じよう。天の軍勢が、我らを助けに降りてくることを。

不気味な笑みを湛えた、その獣のような「魔」は、オレに一撃を加えようと、思いっきり鬼に金棒を振りかざす。しかしオレは絶望などしない。もう、決めたからだ。「信じきる」と。そしてオレは、声の限りに祈った。

「天の軍勢よ！　我らを助けたまえ！」

オレの頭に、まさに金棒が振り下ろされようとしたその時、「魔」はなぜかその動きを止め、オレの背後を食い入るように見入った。その瞬間、オレの背後から光の筋が飛んできて、「魔」の額に深々と刺さったのだった。よく見るとそれは、金色に光る矢である。

突き刺さった矢のせいだろうか。金縛りの解けたオレが振り返ると、そこには羽の生えた白馬、ペガサスにまたがり、ギリシャ風の金色の甲冑に身を包んだ戦士が一人、弓に二の矢をつがえたところだった。すかさず射られた二の矢も、狙い違わずに額に命中。「魔」はそのまま二、三歩右によろけたのだ。

そして気がつくと、ペガサスの戦士の背後には、遠くの高い空から多くの戦士たちが降りてくるのが眼に入った。その数およそ二〇。みな背中に大きな白い羽を生やし、金色のオーラに身を包み、実に神々しい姿だ。皆、天空の雲の裂け目から、光とともに舞い降りてくる。ペガサスにまたがった戦士だけが、少し早く駆けつけてくれて、危急から救ってくれたのだった。

（オレの祈りに感応して、天の軍勢が天下ってきたんだ）

その荘厳な光景に、オレは感動していた。もう、安心だ。

少し矢頃《やごろ》には遠いだろうが、射程に入ってくる順番に、戦士は矢を射始める。その全てが急所に命中し、もはや「魔」は気息奄々《きそくえんえん》となった。亡者を操る力も喪失したようで、襲ってきていた亡者たちは、再び甲板に倒れこんでいる。

「くそー！　覚えていろ！　このままでは済まさんぞ！」

天の軍勢の弓戦の前に、完全に弱った「魔」は、いかにも悔しそうに捨て台詞を吐くと、急に黒い煙となって、どこかへかと逃げ去っていった。

「逃げられたか。しかし、危うかった……」

指揮官の斉藤中尉がつぶやく。

オレは、助かったという脱力感もあったが、天の軍勢に見とれていた。「魔」からの反撃を警戒してだろうか、天の軍勢は「陸奥」の周囲を警戒して遊弋《ゆうよく》している。その中の、ペガサスに乗った戦士が隊長なのだろうか。ゆっくりと舞い降りてきて、「陸奥」の後甲板にペガサスで着艦（？）すると、ヒラリと飛び降りて指揮官に近づいて行った。金色のオーラで包まれた戦士。地獄の薄暗い世界に、奇跡のような存在だ。

姿勢を正して挙手の礼を送る斉藤中尉。それに対して、天の軍勢の指揮官は、右手を胸に当てて敬礼を返す。

「ありがとうございました。危ういところを助けていただきました」

それに対して、天の軍勢の指揮官は少しうなずくと、いかにも慈悲にあふれた表情で、

「われわれは、ただ祈りに応えただけです」

そして、満面の笑みを浮かべてこう言ったのだ。

「おめでとう指揮官。これで、『陸奥』自体が救済される可能性が出てきましたね」

そして、オレの方に向き直ると、こう言ったのである。

「あなたの信じきる力が、我らを遣わしたのです」

オレは、その威厳に打たれ、一言も発することができなかった。それどころか、思わずひざまずきたくなったのである。対等に立ったままでいることなど、とてもできないほどの存在だったのだ。

しかしそこで指揮官は、多少シリアスな表情を浮かべて、斉藤中尉に向き直ると、

「『魔』の攻撃は執拗かつ狡猾です。最後の反撃に注意してください」

注意を促して、斉藤中尉と打ち合わせを始めたのだった。


天の指揮官と話しているのと時を同じくして、後甲板では救援活動が始まっていた。「魔」の影響から脱した亡者たちは、すでに、そのほとんどが意識を取り戻し、先任下士官をはじめとする救助隊の面々に活を入れられている。どうやら「魔」が暴れた怪我の功名で、「陸奥」艦内の不成仏霊のほとんどが後甲板に集められて、しかも光の洗礼を受けたのが効いたようだ。大部分が意識を取り戻し、「陸奥」の地獄から開放されようとしている。

甲板士官も、すでに人の姿に戻り、少しふらついた感じだが立っている。だがよく見てみると、まだその裂けた口からは燐光もこぼれているのが分かる。完全に救われたわけではないということだ。

「まだ鬼の形相をしていますね」

オレが言うと、先任下士官が答えた。

「いくら地獄の悪想念を除き、悪魔を祓《はら》ったとしても、本人が悪い心を発し続けるならば救いようはないんよ。ここからが本当の勝負やな。甲板士官を説得し、改心させられるかどうかの」

そう言うと、先任下士官は一歩前に出て姿勢を正し、甲板士官に敬礼して、再度こう言った。

「呉三特『隼鷹』分遣隊の永井上等兵曹です。少尉をお迎えに参りました」

ふらついて、思考もさだまらなかったであろう甲板士官は、言葉をかけられてようやく反応した。

「退艦しろというのか。誰の命令だ」

「本艦にはすでに四〇年前に退艦命令が出ています。少尉はご自身が死んでいることを理解されていますか?」

と、先任下士官は言った。

「何? 四〇年前だと! それに俺が死んでいただと! そんなバカな!」

眼をむいて言う甲板士官の口からは、燐光が強く出た。

先任下士官は、落ち着き払って説得を続けた。さすがにこの道一筋四〇年の実績は強い。

「少尉、最近、食事はしましたか?」

そう聞かれた甲板士官は、意表を突かれたようにウッとつまってから、

「そんなこと関係ない!」

と言った。

「でも、思い出してください。食事の記憶はありますか?」

先任下士官は重ねて攻撃している。

見るからに困惑した表情を甲板士官が浮かべている。

(そうだ、確かに何かが変だ……)

オレは、持ってきたあの本が役に立つかもしれないと思い、がさがさと雑嚢を探って、

『写真で見る昭和史』を取り出して甲板士官に手渡そうとした。

「本当に、戦後四〇年経ちました。証拠の写真です」

本の表紙をチラッと見て、甲板士官は叫んだ。

「そんな情報操作に乗るものか! 俺を甘く見るな!」

差し出した本は、精神注入棒で叩き落とされた。

先任下士官が、オレの耳元でささやいた。

「地獄の住人って、どんな証拠を出しても信じないもんなんよ」

「英軍のスパイめ! 俺をだまそうとするか!」

甲板士官は、本を差し出したのが、オレだと分かった瞬間に豹変した。

一瞬、黒いモヤモヤを噴出させた後で、赤い炎を噴き出したように見えたのだ。「鬼の金棒」を振り上げて、オレめがけて力いっぱい振り下ろした。身をよじり、かろうじて避けるオレ。第二撃が来る前に逃げ出そうとしたオレは、間抜けなことに、つまずいて四つんばいになってしまった。絶体絶命の境地。まだ生きてる人間が、死後の世界で殺されるって、一体どういうことになるんだ！

（もうだめだ！）

そう思った瞬間に、誰かがオレを突き飛ばしてくれた。誰かが、甲板士官の横殴りの一撃を、身体を張って食い止めてくれたのだ。その人は一撃を避けきれずに、どこかを金棒で打たれたようだった。突き飛ばされて、寝転んだまま甲板から見上げると、したたかに打たれ、血を流した右腕をダランと垂らして立っていたのは、あの宮川大尉だった。

大尉は、しばらくジッと甲板士官を見ていたが、やがて悲しげな響きを帯びた声で、

「おいキサマ、俺がわからんか？」

「キサマも英軍のスパイか！」

鬼の形相のままの甲板士官はそう答えると、さらなる一撃を大尉に振るった。なぜだか分からないが、大尉はそれを避けようとはしなかった。あえて自分の身体でその一撃を受け止めたのだった。

「井田よ、まだお前、オレが分からないのか」

宮川大尉は、滂沱の涙を流していた。落ちる涙を拭おうともせずに、大尉は甲板士官にこう言った。

「何でお前はこんなふうになってしまったんだ……。兵学校時代のまっすぐなお前はどこに行ってしまったんだ……」

「打ちたければ打て。お前の気がそれですむのならば、いくらでも打っていいぞ」

声涙下る、大尉のその言葉が、本当の真心から出てきたことは、このオレでさえもはっきりと分かる。霊界にいるがゆえに、その心の波動そのものが、ビンビンと伝わってくるのだ。その愛情と悲しさとが、大きなうねりとなって押し寄せてくる。


止めを刺すべく「鬼の金棒」を振りかざした甲板士官は、大尉の、その涙と真心で激しく揺さぶられた。もう数十年も聞いたことのない愛の言葉と、その圧倒的な善念は、心の中の全ての闇を押し流していったのだった。一瞬で鬼の形相はなくなり、人としての本来の表情を取り戻した甲板士官は、食い入るように宮川大尉の顔に見入った後で、絞り出すような声で、

「一号生徒……、宮川一号生徒ですか?」

不思議なことに、宮川大尉は現在の六〇歳前後の風貌をそのまま持ちながらも、甲板士官

の知っていた、海軍兵学校時代の若々しい表情をオーバーラップさせていたのである。自身も滂沱の涙を流していた甲板士官の心は、すでに人間の心を取り戻していた。

「カラン」と音を立てて甲板に落ちた「海軍精神注入棒」は、樫の木の棒に戻っていたのである。

第七章——「陸奥」浮揚す

駆逐艦「雪風」

「『魔』の破壊工作が考えられる。警戒せよ！」

亡者たちのケアで忙しい隊員たちに、指揮官の斉藤中尉が警戒を呼びかける。「陸奥」の周囲の空には、相変わらず天の軍勢たちが遊弋《ゆうよく》して、警戒に任じている。

（絶対に「魔」は、何かを仕掛けていったはずだ）

オレは、気を抜かないで四囲を見回していた。すると、何か変なニオイがするような気がした。クンクンと鼻を利かせてみると、どうやら煙くさいニオイだ。

「煙だ！」と言って、周囲に知らせて、その煙の元を真剣に探した。

「あ！　あの通風筒から煙が！」

発見したのは、甲板士官だった。

そう、爆発した第三砲塔の弾火薬庫からの煙だ。「魔」は、爆沈する時期をずらしてわれわれにかち合わせて、全てをご破算にすることを考えたのだ。

その時、オレの胸の中に「あの声」が響いた。

（弾火薬庫ニ注水セヨ）

そうか！　注水しちまえば爆発は止められる。戦後四〇年続いたこの連鎖を、ここで阻止できるかもしれないんだ！

しかし、応急注水弁はどこにあったか……。

「島田兵曹長！　砲塔内に弾火薬庫の注水弁ありますか⁉」

「ああ、砲塔内にあるよ」

「案内してください！　爆発を止めなきゃ！」

しかし、後甲板から第三砲塔内部に進入するには距離がありすぎる。ここから移動して間に合うか……。そう危惧した時、天の軍勢の指揮官が言った。

「われわれがお連れします！」

そのやり取りを聞いていた甲板士官が、立ち上がって、

「俺が行く。俺が行って注水弁を操作する。島田兵曹長、場所を教えてくれ」

「いや、分かりづらいから、私も行きます」

この二人は、意図せずして、自らのカルマを解消するチャンスをつかもうとしていた。彼らは二人とも、「陸奥」を爆沈させてしまった責任感で、自らの魂を自らの手で牢獄に閉じ込めていたのだ。だが、ここで爆沈を止められれば、魂はその罪悪感から開放される可能性が大であり、その牢獄から自分の魂を、自分の手で開放することができるのだ。

そこで、天の軍勢の指揮官が言った。

「われわれがお連れします」

二人の戦士が舞い降りてきて、甲板士官と兵曹長の二人を、後ろから抱きかかえた。そして天高く舞い上がったのだ。真っ直ぐに、第三砲塔のハッチへ連れて行くと、二人は、転げるように砲塔の中に進入した。そして、島田兵曹長の案内で注水弁にたどり着き、渾身の力を振り絞って、それを回したのだった。

弾火薬庫に一挙に流れ込む海水。炎が装薬や砲弾に誘爆する前に、火災は無事に消し止められたのだ。ここに、四〇年に及ぶ負の連鎖は、見事に断ち切られたこととなったのだった。

通風筒からの煙は、もう収まった。「陸奥」が爆沈することは、もうこれ以降、二度とないだろう。爆発を未然に食い止めた二人は、ゆっくりと後甲板に向かって歩んできた。見事に、魂修行の課題をこなした二人の勇姿である。

「おめでとうございます。爆発を未然に防げて」

「ありがとう」

そう、応える甲板士官の表情には、もう影はない。生前に爆発を防げなかったという魂の重石は、もう取れたのだ。迷っていた四〇年に及ぶ期間、「魔」に魅入られて犯した罪は、今後償わなければならない。しかし、この魂の牢獄からは開放されて、贖罪《しょくざい》と反省の新たな再生の道を、堂々と歩むことができるのだ。

「甲板士官、実は、私はあなたの従兄弟の子どもにあたります」

えっ！　と言って眼を真ん丸くする甲板士官。

「私が本家で寝ていたら、甲板士官に乗っかられました」

「あ、そうか！　夢で実家に行った時に、寝ていたのが君か！」

その時である。あの独特の笛の音が聞こえた。軍艦に偉い人が乗る時に鳴らされる笛の音だ。一体、何事が起きたのかと、笛の音のする方を見ると、いつの間にかに衛兵が立っている。そしてどこからか、

「艦長が乗艦される！」という声が聞こえてきたのだった。

その声に従うように、舷梯を上がって来たのは、真っ白の第二種軍装に身を包んだ海軍大佐だった。

笛の音の鳴っている間、舷門で立ち止まって挙手の礼をしていた大佐は、笛の音の終了とともに敬礼の手を下ろして、「陸奥」艦上の人となった。

「諸君、ご苦労様でした。これより私が本艦の指揮を執り、天上界に回航します。『陸奥』は成仏したのです」

「魔」の影響を脱し、不成仏霊もほとんど浄化した今、「陸奥」は地獄艦隊所属艦でいる理由をなくして、天国へと赴けることになったのだ。

艦長に続いて、機関長、航海長、砲術長、通信長などの各科長と、その先任下士官クラス

が続々と乗艦してきた。皆、真っ白な第二種軍装で光り輝いている。そのメンバーの全てが、かつて「陸奥」乗艦の経験者たちであり、この栄《は》えある回航を担当するために、急遽、天上界から送られてきたのだった。

三次元の軍艦ならば、回航するだけでも一〇〇名を越す人員が必要だったろうが、ここは霊界、「隼鷹」の維持管理に人手が要らないのと同じ理由で、「熟練」の「想い」だけあれば、回航は可能なのだ。それゆえ、各科長と先任下士官だけで人員は十分となるのである。

回航員は、すぐに配置に就いた。その折、多少なりとも困難を感じたのは、機関科だけである。さすがに今の今まで亡者の巣であった艦内の下の方まで、機関科だと入り込まねば配置に就けない。それゆえに、救助隊の下士官を二人、先導と警護のためにつけて、ようやく配置完了となったのだった。

「救助隊の皆さんも、艦橋にどうぞ」

そう、艦長から誘われたが、まだまだ「魔」に対する警戒は解けない。そこで、隊員たちは艦の前後部両舷に配置して警戒に当たらせて、ヘッドクォーターを艦橋に置くことにした。

オレも当然、航海艦橋にいる。

いつの間にかに副長もいて、

「全員、配置に就きました」

と、報告している。

「通信長、旗艦ニ通信、ワレ天上界ニ向ケ出港セントス」

「出港用意！」

霊界は簡単でいいや。機関の蒸気が上がるのも即席で大丈夫だし、人手も必要じゃないから、本当に便利だ。

「斉藤中尉、『魔』の妨害は考えられるかね」

艦長が心配したが、斉藤中尉は楽観しているようだ。

「『神通』も無力化してますし、大丈夫じゃないでしょうか」

そこに、通信長が返電の報告をする。

「旗艦より返電です。発、第一戦隊司令官。宛、『陸奥』艦長。本文、『陸奥』浮揚ヲ祝シ安全ナル航海ヲ祈ル」

その返電を聞いたとたんだった。天の軍勢が天下ってきた雲の裂け目から、一筋の光が「陸奥」を目がけて降り注いできたのだ。

艦長が出港を命じると、不思議なことに「陸奥」は、その降り注ぐ光に沿って進み始めたのだった。真っ暗な地獄の海を、一筋の光のレールの上に乗って、すべるが如くに進むのだった。

「陸奥」を囲むように飛んでいるのは、警戒する天の軍勢である。やがて速力が乗ってくると、「陸奥」は地獄の海から浮遊し始めたのだった。それはあたかも、光のレールに乗るようだ。

その四万三〇〇〇トンの巨体は、今や、地獄の海から浮かび上がったのだ。その前後に天使たちを従えて、天空高くへと舞い上がったのである。「陸奥」は今、四〇年の地獄での存在を終えて、天上界へと旅立つ。


その頃、駆逐艦「雪風」艦上では、「神通」救済が終了しようとしていた。

「艦長、『神通』からは、最終的に何人退艦したかね」

「はい司令官、今回は一六名です」

「おおそうか。一六名も納得してくれたのか」

「零戦隊の、光の攻撃が効いたみたいですね」

「そろそろ終了の頃合だね。もう少しでまた『神通』は、怒りの炎が燃え上がるよ」

「了解しました。終了します」

「神通」を覆う怒りのエネルギーは大きい。一回や二回の光では、救済しきれるものではない。それゆえに、何度も何度も繰り返し救いに来るのである。

接舷を終了するために、「神通」と「雪風」をつないでいる「もやい」を解き放つ命令を、艦長が下そうとしたその時だった。

「おい艦長、あれを見ろ!」

司令官が指差す方向を艦長が見ると、そこには感動的な光景が広がっていた。

真っ暗な地獄の空を、一条の光が雲間から突き抜けている。そしてその光の中を「陸奥」が昇っていくのだった。艦尾にへんぽんと翻る、真紅の軍艦旗。前後に見える光は天使だろうか。

「おお、『陸奥』が救われる！」

「よかったですね！」

司令官は姿勢を正すと、上昇する「陸奥」に対して挙手の礼を送る。

艦橋にいた他の乗組員も、全てがそれに従い、光の中を昇る「陸奥」に敬礼を送った。

今、「陸奥」は救済される。

今、「陸奥」は浄化される。

見上げる司令官の眼には、潤むものがある。それもまた当然だろう。

今、ひとつの地獄が消え去ったのだ。

光の中を浮揚するのは、これは本当に感動だった。まさか「陸奥」全体が浄化するなどとは、想いもよらなかったからだ。

オレは宝刀をもう一度見直してみた。天上からの光を受けて、宝刀はキラキラと七色に光る。そんなオレに、先任下士官が話しかけてきた。

「やっぱり、井田さんがキーパーソンやったね。あなたが来なければ、こんな展開にはならんかったよ」

えー、やっぱりそうかなあ。何で、こんなことに巻き込まれたんだか。しかしやばかったよなあ。

何気なく触ったポケットに、何か入っている。

「ありゃ、これ『陸奥』のメダルだ」

取り出したメダルからは、もう瘴気は感じられない。それどころか、光を発しているようにすら見えるのだ。そのメダルをのぞき込んだ先任下士官は、

「ああ、これが全ての始まりやな。一応、浄化したみたいやん。もう持ってても大丈夫やな」

そう言って笑った。

「陸奥」は上昇を続けて、やがて、

「天上界領域に突入します」

航海長の報告するのが聞こえた。「陸奥」は、輝く雲の中に突入し始め、そこは光の洪水となった。艦長の命令や、その復唱が聞こえるのだが、オレの意識は段々と薄れて行く。光は更に強まっていき、オレの意識もドンドンと遠のく。そして、最後に残った記憶は、その

圧倒的な光だけであったのだ。

まぶしくて眼を開いてみると、そこは別世界だった。少なくてもさっきまでいた「陸奥」の艦橋の中ではない。オレは横になって寝ていて、見上げてみると、見慣れた天上の模様が眼に入る。

（ここはオレの部屋だ）

天上界のまばゆさかと思った光は、初夏の強い日差しで、太陽が煌々と顔面を照らしているのだった。時計を見ると午前九時。服装はゴリラ柄のパジャマである。

（あれは夢だったのか……）

しかし「夢だ」と切り捨てるには、あまりにリアルすぎる。登場してきた人物も、空想の産物だとは思えない実在感があったし、微細にわたる軍艦のディテールは、自分の認識力をはるかに超えていた。ああそうそう、それにペンギンも出てこなかった。まあペンギンはどうでもいいが……。

「まあしかし、ありえないよな」

声に出してそう言うと、何だかそんな気がするのは不思議だった。やはり言葉には力がある。しかし、ふと枕もとを見てみると、そこに置いたはずの「陸奥」のメダルが見当たらない。あちこち探してみたのだが、どこにもないのだ。

（寝る前に、確かに枕元に置いたはずだが）

とは思ったが、一応、制服のポケットも探ってみた。

（夢の最後では左のポケットに入っていた……。まあありえないけど……）

硬いものが何か、左のポケットに入っている。急いでボタンを開けてみると、驚いたことに中には「陸奥」のメダルが入っていた。

「何でここに入っているんだ……」

あれは夢ではなかったのだろうか。ポケットから取り出して手にとってみると、気のせいかメダルからは、光が発しているように見える。しかも、潮の匂いすら漂ってくるのだ。

オレは驚いて考え込んでしまった。夢だか現実だか知らないが、もうあんな体験はこりごりだ。絶対に経験したくない。しかし、オレの直感は告げている。あれは真実の体験だと。そう言えば、先任下士官が言ってたっけ。「また呼ばれるかも」って。そんなのは絶対に願い下げだ！

しかし、レポートは書かねばならない。真実の体験か、はたまた単なる夢なのかはしらないが、とにかくあるがままの見聞をレポートにまとめることにした。あの世の世界の不思議さを、自分のペンで表現する困難さは、それは筆舌に尽くしがたい。

とりあえずはまとめることができて、萩原先生には郵送で送らせてもらった。もちろん、適切なアドバイスに対しての感謝の言葉をありったけ添えてだ。

それから数日経った午後のこと。オレはその日の講義の予定が終わって、少しヒマができたものだから、久方ぶりに大学の図書館に行くことにした。実は、この図書館は一風変わっている。「閉架式」とやらで、書籍がまったく見られないのだ。全て書庫に入ったままなので、書籍を手に取って見るためには、職員さんに頼む必要がある。オレは面倒だから、一度も書籍をリクエストしたことはない。図書館に行くのは、本屋で買った本を読み込むためである。

図書館棟に入ろうとしたら、ちょうど出てくる人間とかち合ってしまった。（江戸仕草、江戸仕草）と、心でつぶやきながら、相手をかわすように身体を開いて通り過ぎようとした。すれ違おうとした相手をチラッと見ると、その子は、あの里美ちゃんだった。

「よー、里美ちゃん！」

彼女は一瞬ビクッとしたが、声の主がオレだと確認すると警戒を解いてニッコリと微笑んだ。

「井田さん！　ご報告しなくちゃと、思っていたんです」

「ああ、オレの方も、言わなきゃならないことが、たくさんあるんだ。今、時間が取れるなら、少し話さないか？」

図書館では会話は控えなきゃならないし、食堂でも落ち着いては話せない。とりあえず、中庭のベンチに座って話すことにした。

　里美ちゃんは、大きな目を輝かせながら、思いがけないことを言い出した。

「私、途中から全部見てたんです！」

「え？　見たって、何をさ？」

「確か……、九日の深夜でした。急に『祈らなきゃ』って思ったんです。そして、母の許嫁の魂が救済されますように、と祈っていたら、急に周囲の景色が変わって見えて、暗い海上の大きな軍艦を見下ろしていたんです」

「あ、そう言えば、「魔」に襲われている時、女性の天使の存在を感じたんだ。あの祈ってたのは、天使じゃなくて里美ちゃんだったのか！」

「井田さんが魔物と闘っている時くらいから、最後に軍艦が昇天していくところまで見ていました。ものすごく荘厳な光景でした。私、本当に感動しちゃいました！　でも、あの『白い手』って、仏様の手なんでしょうか？」

「え？　何だいそれ。オレは見てないぜ」

「見てないんですか？　……私は少し上から眺めていたから分かったのかなあ……。本当に分からなかったんですか？」

　里美ちゃんは、オレから視線を外し、心に刻んである映像の記憶を確かめるようにしながら、その「白い手」の説明を始めた。

「暗い陰鬱な海に浮いている、あの大きな軍艦。最初は分からなかったんですけど、途中で気がついたんです。軍艦の周りの海面下に、白くボーッと輝いている何かがあることを」

里美ちゃんは、聖なる波動すら感じさせながら、一息つけてからこう続けた。

「その白く輝くものは、大きな手だったんです。両手の平で支えられるようにして、軍艦が暗い海に浮いていたんです。そして、軍艦が昇天する時も、その『白い手』が持ち上げていきました」

オレは思わず腕を組んで、視線を落とし、その光景を心に思い浮かべてみた。暗い地獄の海で「陸奥」を支える「白い手」。

その時、心の中にまた「あの声」が響いた。

（地獄ノ舟ヲモ支エル、仏ノ慈悲ノ御手ジャ）

「とても不思議なんですが、その手からは『深い悲しみ』と『深い慈しみ』を感じたんです」

「四〇年間、『陸奥』だけが苦しんでいたんじゃないんだ。仏の慈悲が、地獄をも支えているのか……」

何だかよくは分からないが、ものすごい現場に立ち会えたのだと、オレは呆然としていた。

すると、里美ちゃんは急にイタズラっぽく笑みを浮かべて、

「井田さんだけ、変わったスタイルでいましたよね。何でですか？」

「ああ、あれはボーイスカウトの制服だよ。何でか知らないけど、オレだけあの格好になるんだよなあ」

「でも、似合ってましたよ」

「まあね、普段、着慣れてるからね」

その時、午後の講義の開始を告げるチャイムが鳴り始めた。

「あ！　いけない！　私、午後も講義を取ってるんです！」

慌てて立ち上がる里美ちゃんに、オレはニッコリ笑って、

「今度また、詳しく話してよ。じゃあね！」

「すみません！　失礼します！」

言い残して里美ちゃんは、B棟の方へ軽やかに走り去っていく。オレは彼女の後ろ姿を見送りながら、こうつぶやいていた。

「仏の慈悲の手か……」


幸いなことに、それからしばらくは、何事もなく過ぎていったのだが、ひとつ気になることができた。それは、たまに黒いモヤモヤが見えてしまったり、感じてしまうことがあることだ。

怒りに燃えている人から、黒いモヤモヤが立ち上っているのを感じたこともあったし、古

い修験道の修行場で、怖気を奮ったこともある。さらには、いつも歩いていた犬の散歩コースなのに、夜になると「ここから先は行きたくない」と、足が出せないこともある。

（これはやばい、霊的な世界に入ってきたかもしれない）

と、心配してきた矢先のことだった。

その夜見た夢は最悪だった。あのドラえもん背嚢を持っている増沢主計兵曹が、夢に出てきたのだ。

「井田さん、どうもお久しぶりです」

いつも通りにニコニコ笑いながら出てきた増沢兵曹は、ドラえもん背嚢から海軍士官の白い第二種軍装を無造作に取り出してこう言ったのだ。

「これ、官給品です。地上世界では士官の服装・装備は自弁なんですが、まあ、コッチの世界でのことですから官給品でもいいでしょう。霊界ですから汚れたりすることはありませんが、一応は大事に使ってください。黒い第一種と、第三種の『陸戦服』は、必要に応じて取り出しますので、どうぞご安心を」

「な、何を言っているんですか？　私がどうして海軍の軍服を着る必要があるんですか！」

オレはムキになって抵抗したが、

「そうしたコトは、上の方に言ってください。私はお届けにきただけですので」

そして、

「あ、これは部隊章です。下士官・兵が袖につけるんですが、記念にどうぞ」

増沢兵曹は最後にそんなことを言うと、フッといなくなった。

「冗談じゃねえ！」

オレは大声で叫んだのだが、次の瞬間に現れたのは、「隼鷹」分遣隊の隊長だった。

「井田さん、今日は特別にお迎えにきました。ご親戚の甲板士官、『瑠璃破の鏡』の前に立つことになりましたので、参列するためです」

ああ、増沢兵曹の次は隊長かよ。何で普通に寝かせてくれないんだか。まあ仕方ないか……。

「その『瑠璃破の鏡』って、一体何ですか？」

「うーん、言うなれば閻魔大王の前に出るようなことでしょうね」

「え！　閻魔大王がいるんですか？」

「いや、閻魔大王がいるわけではなくて、それに相応する機能があるんです。それが『瑠璃破の鏡』なんです」

まあ、仕方がないや。乗りかかったフネだ、いや内火艇かなあ。それに親戚だし……。

うじうじしているオレを見て、隊長はこう言った。

「井田さん、けっこう面白いですよ。いい経験になります。普通、地上の人間では見られない場所ですから」

なるほど。あの井田甲板士官の行く末も、気にならないでもないし、こりゃ確かに、いい経験かもしれない。ではお願いしますと、ペコリと頭を下げると、隊長は右手を差し出してオレに握るように言った。

「さあ、移動しますよ！」

その瞬間、時空はゆがみ、一瞬の間を置いてまったく異なった空間に出現していた。そこは、劇場のような場所でもあり、映画館にも近い場所だった。客席がずらりと並んでいる。正面にはスクリーンが設置されているのだが、単なる映画館と違うと言えば、正面横が雛壇のようになっており、裁判所の法廷のようにも見えることだろうか。

隊長にうながされて、われわれは座席の一番後ろの方に腰掛けた。見渡すと、二〇〇名くらいは収容できるようで、席はほぼ埋まっている。白い第二種軍装の海軍軍人が半数くらいいるだろうか。それ以外は私服の民間人だ。

「隊長、ここで裁判になるんですか？」

「これは地上の裁判とは異なります。確かに、ある意味では裁きの場でもあるのですが、それよりも評価とカウンセリングの場に近いのです。まあ、見れば分かりますよ」

ふと気がつくと、それまでは誰もいなかったはずの雛壇に、いつの間にか三名の裁判官（？）が着座していた。身体の周囲に淡い光を発していて、一目で高級霊だと分かる。彼らが発する威厳によるのだろうか、がやがやとしていた傍聴席も、いつの間にか静まりかえっている。

「ただいまより、井田武雄の今回の人生を検証します」

裁判長（?）の厳《おごそ》かな声が会場に響いた。するとこれもまた不思議にも、法廷の真ん中の席に、いつの間にか甲板士官が立っていたのだ。彼は紺サージの第一種軍装に身を包み、手には白手袋、軍帽は小脇に抱えている。裁判長に促されて、彼は一礼して着席した。

「検証始め」

裁判長の命令で始まったのは、正面の大スクリーンでの上映だった。甲板士官の一生が映像によって次々と再現されていく。生まれてからずっと、一分一秒に到るまでの事細かな再生だった。

これが不思議なのだが、表面的な行為だけでなく、心の中で思ったことまで全て顕わになってしまう。隠し事ができないのだ。それに再生にかかる時間が非常に少ないのも、とても不思議だった。

二〇数年に及ぶ彼の人生を、微細に検証したのにもかかわらず、全体でかかった時間は三〇分もなかったからだ。そう、文字通り「走馬灯の如く」にだ。

甲板士官の人生は、まさに努力と精進の結晶であった。経済的に恵まれない環境から、一大努力をなして、正規の海軍士官に任官したのだ。映像を通じてであっても、尊敬せざるを得ない人生だ。彼の人生をトレースしている過程で、素晴らしい箇所に来ると、参会者の間

からは、讃嘆のどよめきが起きる。彼の人生の最期、爆発の危険を恐れずに「陸奥」艦内に突入していった時など、

「よし！　それでこそ海軍士官だ！」

　との声がかかったほどだ。

　しかし、問題は亡くなってから後の話だった。魔に魅入られて手先となってしまい、多くの悪業を犯してしまった映像が続くと、参会者からは落胆のため息が聞こえるようになってしまった。

　自分の悪業と向き合わねばならない甲板士官も、およそこの試練には耐えられないのだろう。どうやら、落ちた肩は小刻みに震えているようだ。これには同情せざるを得ない。

　やがて「陸奥」での決戦を経て、全映像の再生が終了した。そして、静まり返った法廷に、裁判長の声が厳かに響いた。

「地上での人生に対しては、何ら指摘する問題点はない。海軍士官として、日本人として、そして人間としての責務を果たした人生であった。ことに、爆発の危険にためらうことなく、艦と運命をともにした大いなる使命感には敬服せざるを得ない……」

　そこまで言った裁判長は、少しの間を置いてからこう続けた。

「しかし、死後、その使命感を逆手に取られ、魔に魅入られたことに関しては、強く反省を求めざるを得ない。同じく地獄で苦しむ同胞に対して行なった種々の悪業に対しては、断固

とした反省行を課すべきだと判断される」

あれだけの悪業を映像で見せられているのだ。参会者の間には「仕方がない……」という空気が流れている。その時だった。

「すみません。ひとこと言わせていただけないでしょうか」

上品だが、断固として発した言葉の方を見ると、一人の海軍大尉が立ち上がって発言を求めている。あ、戦闘三〇八の宮川大尉だ！

「異例ですが、発言を認めます」

裁判長の許可を得た大尉は、遠くを見つめるような視線で、話し始めた。

「必死の時代でした。世界中を相手の大戦争です。しかも独立国だった有色人種は、世界中に我が日本以外にはありませんでした。全世界が白人の所有物だった時代です。その奴隷である有色人種の、最後の砦であったわれわれ日本は、しかし米国の圧倒的な戦力で、押しつぶされようとしていました。

その渦中にあって、世界の七大戦艦の一隻である『陸奥』の存在は、あまりにも巨大だったのです。その『陸奥』を守るために、鬼にもならねばならなかったことを、どうか理解していただきたいのです……。

私たちは当時、植民地を解放しようと、それこそ心の底から念願して戦っていました。人種や国籍、あるいは肌の色などによって差別されない、平等で公平な国際社会を、真剣に実現しようとしていたのです。その志と使命感が、残念ながらこの事例では裏目に出てしまいました……。

三年有半の太平洋戦争で、日本の海軍はほぼ壊滅的打撃を受けました。無敵を誇った連合艦隊は、その所属艦をほとんど失うまで、それこそ、すり鉢ですり潰されるようにして戦い続けたのです。その尊い犠牲の上に、現代日本の平和と繁栄があります。しかし、今、太平の世に人々は緊張感をなくし、いままた新たな国難が訪れようとしています。井田武雄のように、一身を顧みず国難に当たる人材が、本当に必要とされているのです……。

戦士として志士として、大いなる使命感の下で戦い続けた井田に、どうかお導きをお与えください。報われざる、戦死した海軍軍人たちに、慈悲の光を与えていただきたいのです。どうかお願いいたします」

じっと目を閉じて、宮川大尉の言葉を聞いていた裁判長は、眼を開いて、こう諭すように話し出した。

「仏は、全てをご存知です。地獄という存在ですら、仏の慈悲の下にあるのですよ」

オレは「陸奥」を支えていた、あの「白き手」のことを思い出した。

「この場が罰を与える所ではないのと同様に、地獄も刑務所ではありません。そこはリハビリの場であり、病院でもあるのです。そこで得る苦しみですら、魂にとって必要だから与えられる慈悲であるのです」

そこまで言った裁判長は、甲板士官に向き直って、こう質問した。

「雄々しき魂よ。あなたはどう思いますか？」

甲板士官は起立して威儀を正し、裁判長に向かって、

「魔の手先として行なった罪を、断固として償いたいと思います。そして使命感ゆえに魔に魅入られた自分の傾向性を、しっかりと叩きなおす所存です」

そこまで言った甲板士官は、一度視線を下に落としてから、もう一度頭を上げて、断固として言い切った。

「一刻も早く反省を為し遂げ、再び地上に生まれ変わり、前回遣り残した使命を完遂したいと思います。地獄から上がってきて学習してみると、地上の混乱ぶり頽廃ぶりは、目を覆わんばかりでした。私は今、居ても立ってもいられない心境です。新たな国難を看過できないのです」

裁判長はニッコリと微笑むと、宮川大尉に向き直って言った。

「よろしいですか？　仏は全てをご存知ですよ」

そして、威儀を正して宣言した。

「井田武雄は、今後、必要とされる反省行に取り組むこととし、地獄界での罪と自らの傾向性とに取り組むこととする。これにて検証を終了する！」

参会者の間からは、温かい拍手が始まった。甲板士官の未来を応援する拍手だ。裁判長に

一礼した甲板士官は、参会者の方に向き直ると、再び一礼した。そして、係りに付き添われて新たな修業場へと移動していく。

オレは、いくつかの疑問点を質問しようと、隣に座っている「隼鷹」分遣隊隊長に向き直った。すると隊長は、手に何やらピンク色の紙切れを持っている。それで、オレに向かって凄みのある笑顔をニッコリと浮かべて、

「そうそう井田さん、おめでとう！　召集令状が出てましたよ」

隊長は、ピンク色の紙切れをオレの方に向けて見せた。オレはよく見てみたのだが、そこに書かれている文字は、これまでに見たことがまったくない文字で書かれてある。読むことはできないのだが、眺めているとなぜだかスーッと吸い込まれていくような不思議な感覚になる。

「これからも活躍を期待していますよ。地上も忙しいだろうから、あなたが戦死者とご縁ができた時だけ、呼ぶようにしましょう」

と、隊長が言った。

「え？　ご縁がつくって、どういうことですか？」

非常に不安に思ったオレが質問すると、隊長はこう返事した。

「あの『陸奥』のメダルのような感じですよ。もし嫌だったら、なるべくいわくのあるものごとには接触しないことです」

そういい終わると、隊長はニヤリと微笑んだ。

そこまで夢を見たところで、オレは夜中に眼が覚めた。

「くそー、冗談じゃねえぞ、そんなの。なんてひどい夢だ」

そう言ったオレが、何気なくパジャマの胸のポケットを触って驚いた。何かが入っている。

オレは恐る恐る、その「何か」を取り出してみた。

「そんなバカな……」

オレは完全に混乱してしまった。その取り出した「何か」はワッペンだった。

（ボーイスカウトの記章でも入れてあったかな）

しかし、オレが見たのは信じられないデザインの記章だった。降魔の剣と錨のマーク、先ほど増沢兵曹が、オレに夢の中で渡した部隊章だ。

本当に信じられん。あれは「夢」ではなくて「現実」だったのか？

だが、よくよく考えてみると、「あの体験」の記憶は、全て事実だとしか思えない。理由も根拠もないが、とにかく心の奥の方で、「事実だ」と堅く確信しているモノがあることを、オレは知っている。

「陸奥」も「神通」も、そして「雪風」や「三〇八飛行隊」も、全ては現実の存在だったのだ。

呆然として窓から外を眺めると、そこには上弦の月が懸かっている。

「『隼鷹』から眺める月も、たぶん、とても綺麗なんだろうな」

（アッチの世界の月を眺めてみるのも、そう悪い話でもないかもしれない）

オレは半分そう思った。

エピローグ

萩原先生から返却されたレポートには、「優」の評価がついていた。おいおい、あんな霊体験バリバリの内容のレポート書いたら、普通は「不可」だろうに。それが「優」がつくって一体どういうことだ。あれはやっぱり事実だったのだろうか。しかも、先生のコメントは、「今度日本に行く時に、直接報告を聞きます」だった。勘弁してくれよ……。

しかし、相変わらず、「黒いモヤモヤ」は頻繁に感じてはいたし、人ごみも苦手になってしまった。なぜなら、「モヤモヤ」を出している人が、あまりに多いからだ。人ごみの中で買い物なんかしていると、半日もしたらくたくたに疲れてしまう。

（あー、面倒くさい身体になっちまったなあ）

と、嘆くことしきりだ。

しかも、映画やテレビの映像も、地獄的なものはまったく見られないようになってしまった。どうやら、その映像の世界へとつながってしまうのだ。最悪だったのは、アンデスの山頂での、遺跡の発掘のドキュメンタリーだった。BBCが作成した教育番組で、非常に興味深かったものだから、

（これ、やばいかもしれない）

と思いながらも、見続けてしまったのだ。なぜ「やばい」のかというと、これは、生贄《いけにえ》になった子どものミイラを発掘するドキュメンタリーだったからだ。見終わってみたら、もうダメだった。今までに感じたことのない恐怖感が全身を包んでしまって、もう回復不可能だった。

こんな身体になってしまったが、今のところ、消極的な対処法しか取れていない。それは、「君子、危うきに近寄らず」だ。ヤバそうな映像、ヤバそうな場所、それにヤバい本もあるのだが、そういうモノから距離を置くのが、一番の処世術のようだ。そう、あの分遣隊の隊長が召集令状を持ってきた時に、アドバイスしてくれた通りの方法だ。

何とかそうして平和に暮らしていたある日、幼馴染から電話をもらった。彼は最近結婚したばかりで、新婚旅行から帰ってきた報告の電話だったのだ。お土産を「持ってきた」から渡したい、ということだった。

「持ってきた」って、変だろう。「買ってきた」んじゃないのか、と聞いたら、見てのお楽

しみだからと、電話の向こう側で、さも嬉しそうな声を出した。

「ホテルの中庭に、エンジンが置いてあって、そこからはがして持ってきたんだよ」

早速翌日、土産モノを受け取りに、彼の新居に押しかけた。

彼が行った新婚旅行のホテルは、南のリゾートアイランドだった。戦中の言葉で言えば、「中部太平洋」にある航空戦の激戦地だった島だ。当然、旧日本軍機の残骸がアチコチにある。その中からエンジンだけを取り出して、ホテルのモニュメントとして展示してあるのだそうだ。

「これだよ」

取り出したお土産は、ジュラルミンの薄板だった。かすかに緑色系統の塗装が残っている部分がある。

「プッシュロッドがV字型だったから、三菱製のエンジンだと思うよ」

そう言う幼馴染も、ミリタリー関係に興味があるから、知識は豊富だ。

「三菱製だとすると、飛行機の機種は何だろうか」

二人でわいわいと話し合った推論は、海軍の双発爆撃機である「一式陸上攻撃機」。開戦劈頭《へきとう》、マレー沖に英国海軍の新式戦艦「プリンス・オブ・ウェールズ」を撃沈したので有名な機体だ。だが大戦末期には防御力の不備を突かれて、多大な損害を出した機体であり、また人間爆弾の「桜花」の母機ともなって、悲劇性を多く感じる機体である。

「そうか……、『一式陸攻』か……」

ブランディーという潤滑剤とともに、楽しいマニアの語らいを終えたオレは、

「やー、貴重なモノをどうもありがとう」

と言って、幼馴染の家を辞去した。ほろ酔い加減で帰るその道すがら、貰った残骸を手にしオレは、かつての戦場へと心をはせた。

防弾が皆無な「一式陸攻」は、「ワンショットライター」と米軍に呼ばれるほど燃えやすい飛行機だった。敵戦闘機に一連射くらうと、すぐに火だるまになったはずだ。その搭乗員や哀れ、そしてその「一式陸攻」から発進していった人間爆弾の「桜花」も哀れだ……。

そんなことを考えていたオレは、ハッと気がついた。

「やべえ、こんなの貰ったら、『ご縁』がついちまうじゃないか！」

心底ゾーッとした。

「今度は、一式陸攻の中攻隊かあ。『桜花』の神雷部隊かもしれないな」

(特攻隊員も救われなきゃな)

オレは、半分諦め、半分覚悟した。


あれ？

先任下士官が、どこかで、ほくそ笑んでいるような気がする。

オレは空の上のほうを見上げて、

「先任下士官、うまく仕込みましたね」

と、小声で苦情を言った。

いつの間にか梅雨が明けて、すっきりと晴れ上がった夜空には、またもや上弦の月が懸かっていた。

(この前に見たのと同じ月だ)

もうすっかり、夏は本番を迎えていた。

【著者略歴】

飯田たけし

1959年7月、品川で生まれる。1972年、ボーイスカウト入団。1979年4月、ボーイスカウト隊隊長。1982年3月、東京都立大学経済学部卒業。1982年7月、第9回日本ジャンボリーに編成隊長として参加。1986年4月、天皇在位60周年記念式典にスカウトを引率して参加。飯田商会代表取締役。ボーイスカウト越谷第一団団委員。組織論、軍事関係等に造詣が深い。メルマガ「自動車整備の本当の話」発刊中。http://blog.mag2.com/m/log/0000165980　E-mail dai2suiraisentai@minos.ocn.ne.jp

海軍特別救助隊

――戦艦「陸奥」救済作戦――

平成二二年二月二日　第一刷

著者　飯田たけし

発行人　浜　正史

発行所　元《げん》就《しゅう》出版社

〒171-0022 東京都豊島区南池袋四―二〇―九 サンロードビル2F―B

電話　〇三―三九八六―七七三六

FAX　〇三―三九八七―二五八〇

振替　〇〇一二〇―三―三一〇七八

印刷　中央精版印刷

乱丁・落丁本はお取り替えいたします。

© Takeshi Iida 2010　Printed in Japan

ISBN978-4-86106-183-7　C0095

エドワード・P・スタッフォード　井原裕司・訳

空母エンタープライズ（上・下巻）THE BIG E

〝ビッグE〟の生涯。「アメリカがこれまで建造した中で最も勇敢で、一番戦果を挙げた軍艦の、信じられないような履歴を手に汗握るように描写」（ライフ）

■定価各二四一五円

エドウィン・P・ホイト　井原裕司・訳

ガダルカナルの戦い

アメリカ側から見た太平洋戦争の天王山。日米対照ガ島攻防戦。

日米戦争の凝縮された戦争ガダルカナル。米軍の物量と合理主義の前に破れ去った日本軍の体質と戦略戦術の思想。青い目が捉えた死闘の全貌。

■定価二一〇〇円

V・E・タラント　井原裕司・訳

戦艦ウォースパイト

第二次大戦で最も活躍した戦艦

「世界の海を舞台として戦われた第二次大戦の幾多の海戦において、もっとも華々しい活躍をした軍艦の艦名を唯ひとつだけ挙げよ、と問われた場合、その答は本書の主人公たるイギリス戦艦ウォースパイトである」（三野正洋）

■定価二一〇〇円

深沢敬次郎　著
船舶特攻の沖縄戦と捕虜記
これが戦争だ！　第一期船舶兵特別幹部候補生1890名、うち1185名が戦病死、戦病死率63％──知られざる船舶特攻隊員の苛酷な青春。慶良間戦記の決定版！
■定価一八九〇円

森嶋雄仁　著
大東亜戦争の秘密
近衛文麿とそのブレーンたち
大東亜戦争とは、一体どんな戦争で、その本質は何であったのか。そこにはどんな仕掛けがあり、どんな陰謀があったのか。歴史の闇に葬り去られた衝撃の真実。
■定価一五七五円

那須三男　著
るそん回顧
ある陸軍主計将校の比島戦手記
ルソン戦線の墓碑銘！
弾なく食なく、銃砲撃を浴び、アメーバ赤痢やマラリヤに斃れた日本兵の「白骨街道」──米軍捕虜収容所で書き記した地獄の戦場リポート。
■定価一八九〇円